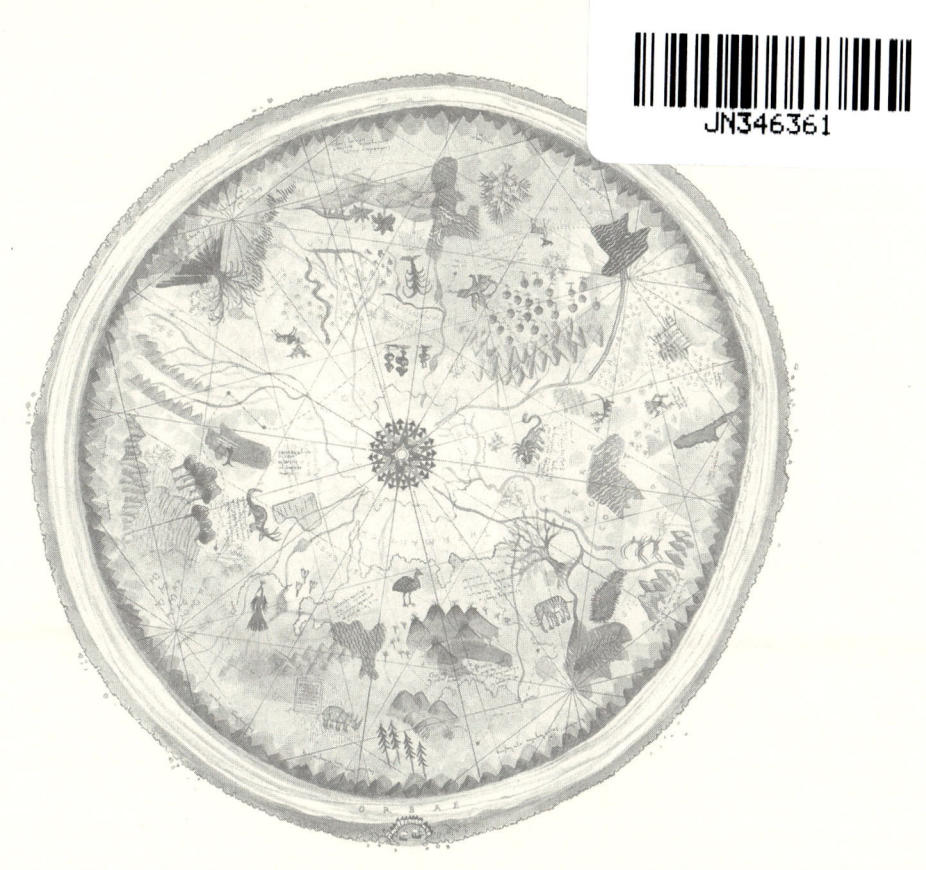

―― 지도책에 담긴 또 다른 세상 ――

오르배섬의 지리학자들은 지도를 만드는 것만으로도 세상의 모든 이치를 알 수 있다고 믿었습니다. 그래서 아주 작은 것에서부터 거대한 것에 이르기까지 자연의 모든 현상을 지도로 만들려고 노력했지요. 한 지리학자는 평생 동안 자신의 뜰에 사는 개미들의 세계를 508장의 지도로 만들었고, 또 어떤 학자는 구름의 모양과 색깔, 구름이 만들어지는 과정과 구름의 이동 방법 등등 구름에 관한 대지도를 만들고자 노력했으나 안타깝게도 완성하지 못한 채 세상을 떠나고 말았습니다. 또 어떤 학자는 세상 곳곳을 떠돌며 신화, 전설, 민담 등의 이야기를 지도에 담아 표현하고자 했답니다.

오늘날, 오르배섬은 사라지고 없습니다. 그곳 지리학자들이 시도한 이 몇 권의 지도책만 남아 있을 뿐입니다.

오르배섬 사람들이 만든 지도책 2

비취 나라에서
키눅타섬까지

일러두기

1. 이 책 『오르배섬 사람들이 만든 지도책 Atlas des géographes d'Orbæ 1, 2, 3권』은 다음과 같이 구성되어 있습니다.

   1권 아마존의 나라에서 인디고섬까지 Du pays des Amazones aux îles Indigo

   2권 비취 나라에서 키눅타섬까지 Du pays de Jade à l'île Quinookta

   3권 붉은 강 나라에서 지조틀인의 나라까지 De la Rivière Rouge au pays des Zizotls

2. 이 책에는 알파벳 순서로 된 스물여섯 나라의 지도가 실려 있습니다. 이들 나라의 바다, 산, 숲, 호수, 강, 식물, 동물 이야기와 함께 의복, 풍습, 관행, 신앙, 종교 등 주민들에 대한 흥미진진한 이야기가 펼쳐집니다. 독자들은 A 아마조네스의 나라에서 Z 지조틀인의 나라에 이르기까지 각 나라들을 여행할 수 있습니다.

3. 이 책 제목에 등장하는 '오르배'는 상상의 공간으로 바다 위에 떠 있는 둥글고 큰 섬입니다. 오르배섬의 학자들은 세상 곳곳으로 탐험을 떠나 그곳의 지형과 자연, 사람들의 이야기를 지도에 담으려고 노력했습니다.

4. 각 나라의 주인공들, 식물과 동물의 이름, 추상명사 등은 특별한 의미를 담고 있습니다. 또 현실에는 존재하지 않는 것들이 많습니다. 이 책에서는 원래의 뜻을 최대한 살리면서 독자들에게 좀더 친숙하게 다가갈 수 있는 한글 이름으로 바꾸었습니다. 단, 그 안에 담긴 깊은 의미를 살려줄 필요가 있다고 생각될 경우에는 원어에 충실하게 번역했습니다.

5. 읽는 이들의 이해를 돕기 위해 본문 [ ] 안과 본문 아래에 설명 글을 달았습니다.

알파벳 지도와 떠나는 스물여섯 특별한 나라 이야기

오르배섬 사람들이 만든 지도책 2

비취 나라에서 키눅타섬까지

차례

J
비취 나라
…… 6쪽

비취 나라 황제는 날씨를 예견해주는 태양새가 병들자, 점성가 타오를 비취산으로 보낸다.

K
코라카르 나라
…… 38쪽

용맹스러운 기병들의 나라 코라카르에서 마상 시합이 열리자, 장님 소년 카듈릭은 시합에 참여하러 떠난다.

L
연꽃 나라
…… 60쪽

물의 왕이 지배하는 강과 운하의 나라인 연꽃 나라에 도착한 제논 선장은 그곳 사람들의 풍속을 기록한다.

M
만드라고르산맥
…… 84쪽

만드라고르 지방의 지도 제작을 위해 험난한 여정을 떠난 니르당 파샤는 길 안내인에게 수상쩍은 감시탑의 비밀을 듣는다.

N
닐랑다르의 두 왕국
…… 120쪽

형제가 사이좋게 남북을 다스리는 닐랑다르 왕국에서 한 아이가 태어나고, 왕국은 새로운 변화를 맞는다.

O
오르배섬
····· 148쪽

우주학자 오르텔리우스는 오르배섬의 안쪽 땅 원정에서 규율을 지키지 않은 죄목으로 재판정에 서게 된다.

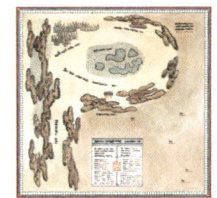

P
석질인의 사막
····· 172쪽

제국의 사령관 코스마는 자신들의 역사를 기록으로 남기려는 석질인들의 염원을 들어줄 수 있을까?

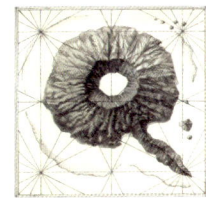

Q
키눅타섬
····· 210쪽

알바트로스호는 '먹을 것을 가져오는 자'라는 뜻의 키눅타섬에 우연히 닿게 된다.

Le pays de Jade

해마다 비취 나라의 왕은 멋진 계절을 한껏 즐기고자 궁궐을 떠나 비취산으로 간다. 백 년 묵은 소나무들로 둘러싸인 비취산에서 흐르는 물에 미역을 감고, 사냥 대회를 열고, 휘영청 밝은 달을 호롱불 삼아 시 짓기 대회도 연다. 그런데 왕이 머무는 동안 단 한 방울이라도 비가 내리면, 왕은 곧 그것을 자신에 대한 엄청난 모독으로 여겨 불벼락을 내리곤 한다.

비취 나라 왕 · 궁궐 점성가 · 태양새 · 붉은 소나무숲 · 불덩어리 종파
눈덩어리 종파 · 열 그루의 대나무 강변 · 다섯 개의 찌푸림 고개
신성한 벌집 · 한 타오와 자오 텅의 이야기

· J ·
비취 나라

 그날 아침, 왕은 '꿀 같은 단잠' 별궁에서 나와 아침의 첫 햇살을 한껏 맞으며 산책을 즐겼다. 짧고 뭉툭한 손가락 사이로 싱그러운 풀잎들이 느껴지자, 왕은 눈을 지그시 감고 코를 벌름거리며 숨을 깊이 들이마셨다.

 바로 그때, 거대한 먹구름이 몰려와 비취산 정상을 뒤덮었다. 그러자 위엄이 넘치던 왕의 얼굴에도 미끄러지듯 어두운 그늘이 지나갔다. 이내 상아처럼 매끈한 왕의 이마 위로 차갑고 굵은 빗방울 하나가 떨어졌다. 빗방울은 가뜩이나 심기가 불편해 꼿꼿하게 굳어 있던 왕의 왼쪽 눈썹을 따라 성가실 정도로 천천히 흘러내렸다. 왕이 손뼉을 세 번 치자 환관 한 명이 달려와 재빨리 왕의 발아래 엎드렸다.

 그는 먹을 충분히 먹인 붓과 종이가 담긴 필기대를 무릎 위에 올려두고 왕의 명령이 떨어지기만을 기다렸다. 바로 옆에는 말 탄 전령 하나가 초조함에 발을 동동 구르며 대기하고 있었다. 궁정 관리도 '기민하고 신속한 결정'이라 이름 붙여진 옥새를 오른손에 쥔 채 땅에 코를 박고 바짝 엎드려 있었다. 세 사람은 지독한 불안감에 목구멍이 타들어갔고, 손은 땀이 고여 축축했다.

마침내 왕은 날카로운 목소리로 새처럼 지저귀듯 말했다.

"하늘이 또다시 날 방해하려 드는구나. 멍청한 조무래기 점성가들 같으니! 예언이 또 빗나가고 말았어! 녀석들은 아직 멀었다, 한참 더 배워야 한다구! 당장 그 두 놈의 목에 나무 형틀을 씌우고, 궁에서 빈둥거리는 다른 점성가를 불러오너라. 다섯 번째 철야를 준비하려면 서둘러야 해. 그러니 당장 내 앞에 대령하도록!"

신하는 왕의 명령이 떨어지자마자 재빨리 받아 적었고, 전령은 접힌 종이 위에 찍힌 옥새 자국이 채 마르기도 전에 서둘러 출발했다. 왕이 몸을 홱 돌려 가버리자, 한층 굵어진 빗줄기가 비단 천막 위로 쏟아졌다.

시간에 맞춰 왕 앞에 나타난 점성가 한 타오는 두 손으로 얼굴을 가린 채 땅바닥에 납작 엎드렸다. 그는 차마 고개를 들어 옛 스승이자 동료인 주 통과 뒤 키안의 얼굴을 볼 수가 없었다. 전에는 아주 거만하던 그들이 이제는 목이 휘어질 만큼 무거운 형틀을

차고 주름진 이마 아래로 불쌍한 두 눈을 데굴데굴 굴리고 있었다. '근엄한 말씀'부의 장관이 먼저 이렇게 명했다.

"주 통과 뒤 키안, 이제껏 너희들은 뻔뻔하게도 높은 권세를 누리며 존경을 받아왔다. 하지만 지금부터는 붉은 얼굴과 떨리는 가

슴을 안고 땅속으로 들어가 치욕을 삭혀야 한다. 물론 너희 후손들도 백 대에 이를 때까지 너희들과 똑같은 신세가 될 테고! 벌써 폭풍우가 세 차례나 퍼부어 존엄하신 전하의 별채를 뒤흔들어놓았다. 아마 하룻강아지도 너희들보다는 태양과 비의 행방을 잘 맞출 것이다."

장관은 젊은 점성가를 향해 몸을 돌리며 말을 이었다.

"한 타오, 일주일의 기한을 줄 테니, '태양을 살피는 자'°라고 우쭐대던 이 우스꽝스러운 원숭이 녀석들이 어째서 폭풍우를 예측하지 못했는지 알아내도록 해라. 만약 성공한다면, 너는 태양을 살피는 자로 임명되어 궁궐의 최고 점성가라는 명예를 얻게 될 것이다. 뿐만 아니라 매년 여름 야영지를 세울 최고의 땅도 직접 고를 수 있다. 명심해라. 네가 돌아올 때까지 주 통과 뒤 키안은 매일 곤장 열 대씩을 맞게 될 거야. 만약 실패한다면 너희 세 놈 머리를 싹둑 베어 벽에 걸어놓고 실컷 욕보일 테다. 자, 여기 통행증과 임명장이 있다. 가서 정확한 원인을 부지런히 찾아내도록!"

한 타오는 자신에게 천문학의 기초 지식을 가르쳐주었던 주 통과 뒤 키안을 바라보았다. 그는 장관에게 엎드려 절을 한 뒤, 호

○ 비취 나라의 최고 점성가들은 매년 여름, 태양이 머물 자리에 정확하게 멈춰 서는 태양새의 도움으로 왕의 야영지를 정하는데, 이들 점성가들을 일컬어 '태양을 살피는 자'라고 한다.

랑이 앞에 선 거북이처럼 뒷걸음질 치며 물러났다. 그러고는 곧장 두 점성가들을 위해 줄곧 일해온 충직한 하인 자오 팅을 찾아갔다.

"자오 팅, 네가 날 좀 도와줘야겠다. 네가 존경하는 주인들의 목숨이 이번 조사의 성공 여부에 달려 있어."

자오 팅은 기꺼이 승낙했다. 그들은 말에 안장을 얹고 서둘러 길을 나섰다. 둘은 서로 한마디 말도 없이 그렇게 한참을 달렸다. 멀리 안개에 싸인 신비로운 비취산 봉우리가 모습을 드러냈다. 한 타오는 매우 유망했던 자신의 앞날이 구름으로 만든 성처럼 언제 사라질지 모르는 위기에 처해 있음을 실감했다. 붓의 숲 학교에서 촉망받는 영재였던 그가 이제는 왕의 권력 앞에서, 바람신의 손바닥 위에 놓인 한 장의 종이 신세처럼 되어버린 것이다. 하지만 어찌 되었건 간에 두 스승이 날씨를 예측할 수 없게 된 이유를 반드시 알아내리라 다짐했다. 자오 팅과 함께 운명을 향해 앞으로 나아가는 동안 그런 생각들이 내내 한 타오를 괴롭혔다.

해 질 무렵 어스름 속에서 그들은 야영하기에 적합한 장소를 골라 자리를 잡았다.

"자오 팅!"

"네, 존경하는 나리."

"비취 나라에서 최고라 하는 두 점성가들이 어찌하여 이 지경까지 온 것이냐? 예측이 불가능할 정도로 날씨가 변덕스러워서였나? 아니면 두 분 모두 부와 명예만 쫓다가 결국 화를 자초하신 건가?"

"한 타오 나리, 나리께서는 지난 몇 주 동안 궁궐에 계셨기 때문에 상황을 잘 모르실 겁니다. 주 통 나리와 뒤 키안 나리께서는 비취산에 내린 찢어질 듯한 폭우에는 아무 책임이 없습니다. 문제는 바로 태양새랍니다. 과녁을 향해 곧바로 날아가는 화살처럼 태양이 머무는 골짜기를 정확히 가르쳐주던 예전과는 달리, 태양새가 술에 취한 제비처럼 이리저리 헤매다 결국 엉뚱한 곳에 멈춰 서곤 했으니까요."

"혹시 병들었거나, 네가 제대로 돌보지 못한 건 아니냐?"

자오 팅은 화가 난 듯 짧게 딸꾹질을 했다. 그는 조심스레 태양새의 새장을 덮고 있던 비단 자락을 들어 올렸고, 한 타오는 가까이 다가갔다. 태양새는 작았지만 용처럼 불과 열기를 내뿜는 검은 눈과 엄청난 힘을 가진 멋진 새였다. 그 고귀한 조류는 휴식을 방해받아 화가 났는지 머리 깃털을 마구 헝클어뜨렸다.

한 타오는 피식 웃음을 터뜨렸다.

"자오 팅, 내가 사과하지. 이 태양새는 어느 면으로 보나 비취 나라의 궁궐에 살 사격이 있군그래. 잠이나 자자. 내일은 붉은 소나무 숲에 사는 '데굴데굴 스님들'에게 물어보러 가야 해."

자오 팅은 인사를 하고 나서 잠자리를 준비했다. 밤은 물가의 갈대밭 위로 안개가 내리듯 그렇게 그들의 눈꺼풀 위로 미끄러져 내렸다.

밤과 함께 다음 날까지 미끄러져 가세나. 내일 붉은 소나무 숲의 황금빛 그늘 아래서 다시 만나세.

길은 바위들 사이로 구불구불하게 펼쳐졌고, 모래가 많아 말이 한 걸음 내딛을 때마다 땅이 푹푹 꺼져 들어갔다. 주위를 둘러보니 온통 까마득한 바위와 수백 년 된 소나무들 천지였다.

자오 팅은 한 타오가 무슨 생각을 하고 있는 건지, 그를 전혀 이해할 수 없었다.

'오늘 두 주인님은 곤장을 열 대씩이나 맞으실 텐데, 이 젊은 나리는 세월아 네월아 무턱대고 걷고만 있으니 이 노릇을 어쩌면 좋을꼬.'

갑자기 머리 위에서 고함이 들렸다. 이어 왼쪽에서, 그리고 바로 앞에서도 고함이 귓속을 울렸다. 비단 스치는 소리가 숲을 메우고, 무시무시한 울음소리를 내면서 불덩이가 사방에서 튀어나왔다. 놀라서 뒷걸음질 치는 말 때문에 자오 팅은 하마터면 나동 그라질 뻔하였으나, 채 정신을 가다듬을 틈도 없이 다시 소란한 함성이 파도처럼 밀려왔다.

이번에는 공중제비를 하며 굴러오는 사람들이 그의 눈에 들어왔다. 그들은 데굴데굴산에서 굴러 내려오고 있었다. 몸을 빙글빙글 돌리고 연신 고함을 치면서 바위 사이를 뛰어오르고, 몸이 땅에 닿기도 전에 멋진 회전을 수천 번 반복했다. 기다란 끈이 달린 비단옷은 그들의 몸동작에 따라 기막힌 모양을 그려냈다.

"자, 자오 팅, 무슨 생각이 드느냐?"

한 타오는 눈썹 하나 까딱하지 않고 비스듬히 몸을 돌려 자오 팅에게 물었다.

데굴데굴 굴러온 스님들은 두 사람 주위를 말없이 에워싼 채 조각처럼 미동도 않고 서 있었다. 나무 아래, 그들의 매끈한 머리가 윤을 내며 반짝였다.

"나리, 용서하십시오. 저는 방금 알을 깨고 나온 새끼 새보다 생각이 짧았습니다."

자오 팅은 더듬거리며 말했다.

"스님들이 데굴데굴 구르며 공중에 쓴 글씨에 따르면, 우리가 하얀 사막의 좁은 길을 지나 태양이 저무는 방향으로 한참 더 걸

이번에는 공중제비를 하며 굴러오는 사람들이 그의 눈에 들어왔다.
그들은 데굴데굴산에서 굴러 내려오고 있었다.

어가야 한다는군. 그리고…….."

"그리고요, 나리?"

한 타오는 조금 얼굴을 붉혔다.

"흠, 스님들의 암호를 전부 해독한 건 아니다. 안타깝게도 데굴데굴 스님들 중, 불덩어리 종파 스님들이 눈덩어리 종파 스님들보다 훨씬 더 빠르게 공중 글씨를 쓰는군."

한 타오는 말에서 내려 안장에 매어놓은 주머니에서 은괴 한 덩어리를 꺼냈다. 그러고는 제일 높은 스님 앞에 공손히 머리를 숙이고, 비단 천에 담아 건넸다.

고승은 한 타오가 바친 은괴를 주머니에 받아 넣었다. 그가 신호를 보내자 모든 스님이 요란하게 옷자락을 스치며 사라졌다.

자오 팅과 한 타오는 하얀 사막의 계곡에서 그날 밤을 보냈다.

다음 날 열 그루의 대나무 강변에서 만나기로 하세. 강변은 여기서 한참을 더 가야 한다네. 거기에 가면 그들의 말이 잿빛 버드나무 숲에 매어져 있을 것이라네…….

한 타오는 비탈진 곳에 앉아 물속에 작은 돌들을 던지며 생각에 잠겼다.

"나리, 식사가 준비되었습니다."

자오 팅이 등 뒤에서 그를 불렀다.

자오 팅은 곁눈질로 무표정한 젊은 주인의 등을 유심히 바라보았다. 주인의 등은 마치 비단에 감싸인 수수께끼 같았다.

"나리, 뭐라도 좀 드셔야지요. 우린 아주 먼 길을 왔습니다."

한 타오는 손가락 하나 꿈쩍하지 않았다. 그는 갈대숲 사이로 보이는 물결의 움직임을 눈으로 쫓고 있었다. 장난스레 히죽 웃고 있는 두 아이가 탄 작은 배 한 척이 그들 앞을 지나갔다. 첫 번째 놈은 엉덩이를 내보이고, 두 번째 놈은 장난스레 찌푸린 얼굴로 혀를 쏙 내밀었다. 그를 본 자오 팅은 버릇없는 두 장난꾸러기를 혼내야겠다며 자리를 박차고 일어났다. 그러자 한 타오가 말리는 시늉을 했다.

"그냥 내버려두거라, 자오 팅! 일어선 김에 다섯 개의 찌푸림 고개로 떠나자꾸나. 자, 출발하자!"

사람들은 '다섯 개의 찌푸림 고개'를 두려워했다. 그곳으로 가려면 산허리를 두른 작은 오솔길을 지나가야 했는데, 산을 따라 흘러내리는 물 때문에 길은 아주 미끄러웠다. 자칫 발을 잘못 내딛으면 아찔한 협곡 아래로 떨어지기 일쑤였다.

한 타오와 자오 팅이 가까스로 산꼭대기에 오르자마자 이번에

장난스레 히죽 웃고 있는 두 아이가 탄 작은 배 한 척이 그들 앞을 지나갔다.

는 도둑원숭이 무리가 그들을 공격해왔다. 원숭이들은 그 유명한 강변 늪지대의 백팔 도적들보다 더 무서운 놈들이었다. 한 타오는 자오 팅에게 갖고 있는 식량의 반과 검은 돌 두 개를 내어주라고 말했다. 그 어리석은 짐승들은 검은 돌로 자기들 궁둥이에 무서운 그림을 그리는 습성을 갖고 있었다. 하지만 원숭이 왕은 만족하지 않고 더 많은 것을 요구했다. 그러고는 이빨을 갈면서 두 남자 사이를 요란스레 왔다 갔다 했다. 나머지 원숭이들은 두 사람을 에워싼 채 두 발로 서서 미친 듯이 울부짖었다.

    자오 팅은 뾰족한 노란 화살촉에 독사의 독을 묻힌 화살을 하나 꺼내어 슬그머니 시위에 꽂았다. 그런 자오 팅을 한 타오가 말렸다. 그러고는 외투 자락에서 통행증을 꺼내 원숭이 왕에게 공손하게 건네자 그때까지 마구 떠들어대던 원숭이 왕이 거짓말처럼 입을 다물었다. 그리고 다른 원숭이들에게도 조용히 하라고 지시했다. 원숭이 왕은 양피지로 된 통행증을 잡고 이리저리 돌려보았다. 그것도 모자라 뒤통수를 박박 긁적이며 킁킁 냄새를 맡아보기도 했다. 마침내 원숭이 왕이 거드름을 피우듯 가슴을 불쑥 내밀고는 지나가도 좋다는 신호를 보냈다. 하지만 근사한 먹잇감이, 그것도 둘씩이나 자신의 손에서 빠져나가는 것을 보며 매우 애석해했다. 두 여행자는 다섯 찌푸림 고개 반대편 비탈에서 그날 밤을 보냈다.

옛 스승이 둘이나 감옥 안에서 괴로움으로 밤잠을 설치고 있지만, 산이 주는 감동을 안고 쉬는 그들을 그냥 내버려두세. 분홍빛 여명이 다음 날 아침으로 인도할 때까지.

자오 팅은 한 타오가 얼음이 언 차가운 폭포 밑에서 목욕하는 모습을 보고 눈이 휘둥그레졌다. 자오 팅은 태어나서 단 한 번도 목욕을 하지 않았던 것이다. 한 타오는 천천히 옷을 입고, 기분 좋게 떡을 한 입 베어 문 뒤, 구름 낀 물가로 가 앉았다.

"이제 무엇을 할 겁니까, 나리?"

안장을 묶으며 자오 팅이 걱정스러운 듯 물었다.

"기다려야지. 기다려야 해."

그러고는 오전 내내 허공을 바라보고 앉아 꼼짝도 하지 않았다. 물안개 너머로 서서히 배가 다가오듯, 높은 산봉우리들이 하나둘씩 안개 사이로 모습을 드러냈다. 노련한 한 타오의 눈이 맞은편 벼랑에서 작고 하얀 형체를 찾아냈다. 그것은 사람이었다.

"자, 자오 팅, 일어나라. 어서 가자. 멍청한 까마귀처럼 입만 벌리고 있지 말고!"

한 타오는 구시렁대는 자오 팅의 엉덩이를 걷어찼다. 둘은 그 사람을 따라잡으러 쫓아가다가 십여 차례나 떨어져 죽을 뻔한 위기를 넘겼다. 흰 턱수염을 기른 그 노인은 계속해서 두 눈을 깜빡거려 마치 정신이 나간 사람처럼 보였다. 그는 지금 막 두루마리 족자에 불경스러운 무기를 들고 가방을 멘 인물이 있는 풍경화를 그려 넣은 참이었다. 한 타오가 공손히 머리를 숙여 세 차례 인사를 했지만 노인은 아무런 대꾸도 하지 않았다.

'이런, 이 노인이 귀가 먹었나?'

마침내 인기척을 느낀 노인은 눈꺼풀을 깜박이며 긴 수염에 가려진 입술을 떼며 빠르게 중얼거렸다.

"브즈즈즈즈."

"그럼, 그렇지!"

한 타오는 기쁨에 차서 침을 닦으며 소리쳤다.

"존경하는 어르신, 축복을 받으소서. 쓴 호박 스님의 독특한 필치가 어르신의 무한한 지혜에 깃들기를 바라옵니다!"

그런 다음, 두 사람은 다시 길을 나섰다.

"나리, 지금 우리가 찾고 있는 것이 무엇입니까?"

자오 팅이 염려스러운 듯 물었다.

"그 노인이 하는 말을 너도 듣지 않았더냐? 나는 분명히 '브즈즈즈즈'라고 들었다."

"용서하십시오, 나리. 저는 아직도 잘 모르겠습니다."

"벌 떼란다, 자오 팅. 꿀벌 말이다!"

자오 팅은 더 참지 못하고 늙은 여인처럼 흐느끼기 시작했다.

"허 참, 또 무슨 일이냐?"

한 타오가 다그치자 그가 웅얼거렸다.

"지금까지 곤장을 서른 대나 맞으셨을 불쌍한 주인어른들을 생각했습니다. 그런데도 나리께선 이상한 생각만 하시고, 거만하기 이를 데 없는 짐승들을 쫓아 들판을 쏘다니더니, 이젠 벌까지 찾으려 하시는군요……!"

"어리석은 것, 뚝 그치지 못할까! 두 분이 진작 신경을 더 썼더라면 이런 일은 벌어지지 않았을 게야. 이게 다 꿀 같은 달콤함에 빠져 자신의 역할을 게을리한 결과란 말이다. 그동안 나태해질 대로 나태해졌으니 이참에 몇 대 맞는 것도 그리 나쁘지는 않을 거다. 자, 어서 가자."

'무능하고 배은망덕한 냉혈한 같으니라고. 오늘 밤 슬그머니 따돌려야지.'

화가 난 자오 팅은 이렇게 마음먹었다.

밤이 되자 그들은 대나무 숲 가장자리에서 야영을 했다.

하얀 달빛 아래 나뭇잎 바스락거리는 소리가 그들을 잠재우도록 내버려두세. 그리고 첫 이슬방울들이 나뭇잎 위로 떨어져 내리기를 기다리세.

한 타오는 기지개를 켜고 하품을 한 뒤, 손을 비비며 자리에서 일어났다.

"자오 팅, 배가 고프구나! 자오 팅! 자오 팅?"

자오 팅은 아무 대답이 없었다.

'이놈이 대체 어디로 간 거지? 허, 여기 발자국이 있군. 바보 같은 놈! 아무리 보잘것없는 시인이라도 자신의 악필을 대놓고 자랑하지 않는 법인데……, 멍청한 나귀처럼 흔적을 남기고 가다니. 어디 한번 따라가 보자!'

그는 자오 팅의 발자국을 따라 거칠게 말을 몰았다. 태양이 군데군데 내리쬐는 숲에서는 산토끼와 여우 들이 눈을 동그랗게 뜨고 바람처럼 내달리는 한 타오를 바라보고 있었다. 그 모습은 마치 콧수염을 곤두세운 채 겁에 질린 암사슴을 뒤쫓는 호랑이 같았다. 오 리를 넘게 달리는 동안, 분노에 찬 한 타오는 잠시도 속도를 늦추지 않았다. 그때 어디선가 날카로운 울음소리가 들려왔다. 한 타오는 재빨리 속도를 늦췄다.

"나리, 저 좀 살려주십시오! 나리!"

한 타오는 말을 탄 채 몸을 꼿꼿이 세우고 귀를 쫑긋했다.

"어디 있느냐, 이 형편없는 녀석아?"

"여깁니다요, 나리. 고개를 숙이세요!"

한 타오는 길 아래 도랑을 발견하고는 말에서 내려 대나무밭을 가로질러 내려갔다.

자오 팅은 엉덩이를 냇물에 담근 채 잔뜩 골이 나 있었다. 얼굴은 온통 물집투성이였고 손도 통통 부어 못 알아볼 지경이 되어 있었다. 한 타오는 허벅지를 치며 웃음을 터뜨렸다.

"축하한다, 자오 팅. 네가 찾아냈구나."

그는 엄지와 검지로 자오 팅의 목 부근에 죽은 채 붙어 있는 벌 한 마리를 집어들었다. 그는 밝은 데서 벌을 눈앞에 대고 자세히 돌려보았다.

"왕족 꿀벌이구나. 아주 흥미롭군. 자, 일어나거라. 대체 어디서 이 작고 사랑스러운 놈을 발견한 게냐?"

"저기, 위쪽 시냇가에서요. 제가 냇물을 건너려고 하는데, 갑자기 성난 벌 떼들이 저를 공격했습니다."

"그럼 네 말은 어디 있느냐?"

"말은…… 짐과 새장을 싣고 달아나버렸습니다."

한 타오는 자오 팅을 가리키며 무섭게 말했다.

"내가 미리 경고하지 않았느냐. 만약 태양새를 잃어버리면 네 목숨으로 갚으라고 말이다."

다행히 자오 팅의 말은 별로 멀지 않은 곳에서 풀을 뜯고 있었다. 물건들은 풀밭에 흩어져 있었고, 새장도 새도 모두 온전했다.

"너 때문에 아침을 걸렀다. 그러니 어서 죗값을 치르거라. 몹시 허기지는구나. 음, 먹음직스러운 닭 요리는 어떠냐?"

"농담이지요? 남은 것이라고는 떡이랑 말린 과일 몇 조각뿐입니다."

그러자 한 타오는 태양새를 가리키며 무심하게 말하였다.

"그러면 저 새라도 구워 오너라. 나는 잠깐 눈 좀 붙일 테니, 죽순을 넣어 요리하도록 해라."

"태양새를 드시겠다고요? 나리께서는 아무 생각이 없으시군요! 태양새의 값어치를 안다면……."

"입 다물지 못할까! 명령은 내가 한다. 난 지금 몹시 배가 고프다. 그러니 식사가 다 되거든 깨우기나 해라."

자오 팅은 훌쩍거리면서, 이성을 잃은 주인을 향해 저주를 퍼부었다. 아름다운 새의 털을 뽑으면서 눈물을 폭포수처럼 흘렸고, 구이를 만들어 주인에게 갖다주면서도 눈시울을 붉혔다.

"맛있구나, 자오 팅. 역시 넌 솜씨가 좋아. 자, 너도 먹어보거라."

불쌍한 하인은 잘 구워진 새의 다리를 집어들며 눈물로 간이 밴 다리 구이를 마지못해 한 입 베어 물었다.

"자, 이제 가자! 나이 지긋한 친구 하나를 찾아가야 해. 우리의 조사도 어느덧 끝나가는구나."

그들은 숲에서 나와 수수밭과 푸른 아마밭을 가로질러 태양이 서산 너머로 사라질 때까지 줄곧 걸었다. 밤이 되자 은빛으로 물든 자작나무 숲에 야영지를 정하고는 죽은 듯이 잠에 빠졌다.

조용히 그들이 깨어날 때를 기다리세. 그리고 곤장을 마흔 대나 맞아 심한 상처를 입은 그들의 두 스승을 불쌍히 여기세.

한 타오는 그날 아침 옷차림에 특히 많은 정성을 기울였다. 그는 빛나는 하늘을 쳐다보고 출발 신호를 보냈다. 두 사람은 '끊어진 밧줄' 오솔길을 따라 거대한 둥근 바위에 이르렀다. 바위 위에

두 사람은 '끊어진 밧줄' 오솔길을 따라 거대한 둥근 바위에 이르렀다.

는 성이 한 채 서 있었다. 한 타오가 청동으로 된 문고리를 세 번 늘어 올렸다 내리자, 육중한 경첩이 돌아가며 문이 열렸다. 그는 후앙 지를 만나기를 청했다. 후앙 지는 신성한 꿀벌 통을 지키는 나이 지긋한 양봉가로, 이곳 사람들에게는 '꿀벌 황제'로 통했다.

"이를 어찌하면 좋습니까. 주인어른께서는 이미 하늘나라로 거처를 옮기셨습니다."

하인들이 눈시울을 붉히며 입을 모아 외쳤다.

순간 한 타오는 처음으로 태연함을 잃고 슬픔에 사로잡혔다. 하지만 곧 생기를 되찾았다.

"누가 그를 대신하고 있는가?"

"주인어른께서는 최고로 완벽한 분이셨습니다. 우리들 중 어느 누구도 주인님을 대신할 만한 자가 없지요."

"여기서 오십 리쯤 떨어진 곳에서 제멋대로 돌아다니고 있는 왕족 벌 떼를 보았다네. 대체 어찌된 일인가?"

"꽃의 언어와 꿀벌의 비밀을 알고 있는 사람은 오직 주인어른뿐이었죠. 주인어른은 곰이나 들쥐보다도 먼저 봄 냄새를 맡으셨답니다. 지칠 줄 모르고 걷는 분이라서 아주 후미진 작은 골짜기까지도 속속들이 알고 계셨어요. 여왕벌과 말을 하고, 벌들이 가고 싶어 하는 곳까지 데려가곤 하셨습니다. 저희는 이제 사랑하는 아버지를 잃은 고아들과도 같습니다."

"후앙 지를 추억하며 눈물짓는 건 당연한 일일세. 하지만 그가 자네들한테 맡긴 벌 떼를 방치하는 건 옳지 않아. 그 벌 떼들 때문에 궁궐의 점성가들이 곤란을 겪고 있으니 보통 심각한 문제가 아니란 말일세. 오염된 꿀이 태양새를 바보로 만들고 있어. 어제 태양새 중 한 놈을 먹어보고서야 알았네. 자네들도 잘 알다시피, 태양새는 가장 맛있는 꿀과자만 먹고 자라지. 꿀과자는 태양새의 식량이자, 수고에 대한 대가일세. 태양의 위치를 추적하기 위해 태양새를 날려 보내면 녀석은 푸른 하늘 위로 날아올라 태양이 머물 자리에 정확하게 멈춰 서지 않았나? 점성가들은 그렇게 해서 왕의 여름 야영지를 정해왔었네. 우리가 태양새에게 주는 보상이라곤 태양 빛을 머금은 꿀과자가 전부였는데, 자네들이 태양새가 그 꿀을 싫어하게 만든 꼴이군. 그러니 태양새들이 마치 포도를 너무 많이 따 먹고 취해버린 암꿩처럼 판단력을 잃고 품위 없이 아무 데나 날아가서 멈춘 것이지. 그러니 옮기는 야영지마다 비가 내릴 수밖에! 하찮은 인간들 같으니라고! 이 사실을 황제가 알게 된다면, 자네들을 불순한 꿀과 함께 항아리에 넣어 타 죽게 만들 것이 분명해!"

한 타오가 호통을 쳤다.

그러자 어린 소년 하나가 앞으로 나와 한 타오에게 고개를 숙였다. 그는 손에 꿀단지 하나를 조심스레 들고 있었다.

"존경하는 나리, 이것을 맛보십시오. 사랑하는 제 할아버지이자 스승님이신 후앙 지를 생각하며 제가 만든 꿀입니다."

한 타오는 이내 마음을 가다듬고, 손가락으로 꿀을 찍어 맛을 보았다.

"훌륭하구나. 정말로 네가 만든 것이냐?"

"사랑하는 할아버지 곁에서 배웠습니다."

소년은 얼굴을 붉히며 말했다.

"이제야 너를 알아보겠구나. 열 그루의 대나무 강변에서 나에게 얼굴을 찌푸려 보이지 않았더냐? 네 이름이 무엇이냐?"

"리 윤이라 합니다."

"리 윤, 저 끈끈이 진딧물 같은 놈들보다 네가 훨씬 똑똑하구나. 너를 '신성한 벌집'°의 지휘관으로 임명하마. 오직 너만이 벌집을 옮길 수 있다. 꿀벌을 지키는 것도 너의 몫이고. 수확한 꿀의 표본을 가지러 매주 심부름꾼이 올 것이다. 그리고 여기에 있는 모든 사람들은 앞으로 너의 말을 따를 것이다. 고인이 된 너의 조부에게 그랬듯이 말이다."

° 태양새에게 수고의 대가로 주는 꿀과자를 생산하는 곳이다.

한 타오와 자오 팅은 성에서 밤을 보냈다.

황금빛 잠자리에서 그들이 잠들도록 내버려두세, 그리고 다음 날 아침 우리를 얌전히 신고 이십여 리를 걸어 돌아가도록 내버려두세.

"여봐라, 자오 팅. 우리 나라의 날씨는 변덕스러우니 정확성을 기할 필요가 있다. 태양과 비의 움직임은 매우 섬세하고 미묘해 예측하기가 힘들지. 태양새들을 돌보고, 녀석들이 가르쳐준 대로 햇빛 쨍쨍한 골짜기를 찾아가는 것만으로는 충분치가 않아. 생각해보아라. 지금껏 꿀과자가 고귀한 역할을 하는 태양새들한테 맞지 않는 양식이었다면, 태양새들은 결코 날아오를 수 없었을 거야. 꿀은 하늘의 음식이고, 태양과 이슬의 순수한 결정체이지. 그러니 왕의 권좌 또한 꿀벌 황제의 옥좌가 비어 있는 한 온전치 못할 것이다."

한 타오는 자오 팅과 함께 밤낮을 가리지 않고 길을 재촉했다. 하루라도 빨리 도착해 불쌍한 주 통과 뒤 키안이 더는 벌을 받지 않도록 하기 위해서였다. 출발한 지 여드레가 되던 화창한 아침에, 마침내 그들은 비취 나라의 야영지에 다다랐다. 주 통과 뒤 키안은 무거운 나무 형틀을 벗었고, 한 타오는 궁궐 점성가가 되었다. 한 타오는 매년 왕이 여름을 보낼 야영지를 한 치의 오차도 없이 찾아낼 수 있을 것이다. 하지만 구름의 흐름보다 더 알아맞히기 어렵고, 벌에 쏘이는 것보다 훨씬 더 무서운 왕의 변덕은 여전히 그를 두려움에 떨게 했다.

궁궐 점성가

태양새

태양새의 새장과 횃대

신성한 벌집

태양새들은 햇살 가득한 정오에 둥근 뜰에서 꿀과자를 먹는다. 그때 말고는 태양 빛을 피해 태양새들을 가두어둔다. 하늘로 날려 보내면, 태양새는 태양 빛이 가장 눈부신 장소를 향해 곧장 날아간다.

태양새 날려 보내기

36 ── 비취 나라에서 키눅타섬까지

데굴데굴 구르는
'불덩어리 종파' 스님들

다섯 개의 찌푸림 고개에 사는 원숭이들은 무리지어 살며 여행자들을 약탈하는데, 오직 황제의 통행증만이 여행자들을 무사히 지나갈 수 있게 보호해준다.

데굴데굴 구르는
'눈덩어리 종파' 스님

불덩어리 종파 스님들이 문자를 그리는 몸짓은 너무나 빨라서 해독하기가 매우 힘들다. 눈덩어리 종파 스님들이 훨씬 더 느리다고 알려져 있지만, 눈이 내릴 때만 활동하므로 해독하기 힘든 것은 마찬가지이다.

·J· 비취 나라 —— 37

Le pays de Korakâr

코라카르 나라 사람들은 모두 용맹스러운 기병들이다. 그들은 일만 마리의 백마가 모이는 축제에서 대규모 마상 시합을 벌인다. 그리고 이들 중 최후의 승리자는 푸른색으로 칠한 종마를 타고, 말들의 무리를 이끌고 '달의 산'이라 불리는 방목지로 향한다.

쿠칼뤼아 마을 · 일만 마리 백마 축제 · 땅북 · 흰색 암말 · 달의 산
쌍둥이 기사 · 마상 시합 왕 · 카들릭과 그의 할머니 이야기

· K ·
코라카르 나라

쿠칼뤼아 마을은 별빛 아래 잠들어 있었다. 고요한 밤의 침묵을 깬 건 한 마리 종마의 울음소리였다. 불안해진 말들은 귀를 쫑긋 세운 채 종마 주위를 에워싸고 빙빙 돌면서 점차 간격을 좁혀 들어갔다. 말들은 언제든 뛰쳐나갈 준비를 하고 있었다. 한 무리의 말들이 만들어내는 말발굽 소리가 어둠 속에서 지축을 흔들며 더욱 크게 들려왔다. 긴장된 말발굽이 망치처럼 땅을 내리쳤고, 내달리며 일으킨 바람이 열린 문틈으로 세차게 밀려들었다. 달빛을 받아 푸르스름한 빛을 띤 암말 하나가 나무 그늘 사이에서 뛰쳐나왔다. 암말의 심장은 세게 고동쳤고 허파는 불타듯 뜨거웠으며, 땀과 거품으로 얼룩진 콧구멍 주위로 핏방울이 터져나오고 있었다.

가시울타리 사이로 난 오솔길을 질풍노도처럼 달려온 암말은 마을 경계에 선 울타리를 훌쩍 뛰어넘어 곧바로 광장 한가운데로 달려 나왔다. 그러고는 북소리를 내며 포석 위를 마구 뛰어다녔다. 녀석은 등골을 곤추세우고 갈기를 휘날리며 뛰어다니더니, 이내 대장간의 화덕처럼 거친 숨을 내뿜으며 다시 한 번 앞으로 돌진했다. 앞에서는 암탉과 수탉 들이, 뒤에서는 개들이 울부짖었다. 마치 녀석의 꼬리가 먼지를 휘날린 듯 뿌연 먼지바람이 일었다.

녀석은 마을을 한 곳씩 돌며 소식을 알리는 파발마였다. 황혼에서 새벽까지 숲과 산을 쉼 없이 달려 녹초가 되었다. 녀석은 먹이를 덥석 물려는 개처럼 휘말려 올라간 입술을 하고서 종착지인 코라카르에 도착한 것이었다.

마을을 울리는 암말의 말발굽 소리를 말들보다, 다른 어떤 이보다도 제일 먼저 감지한 카들릭이 잠자리에서 일어나 소리를 질렀다.

"할머니, 일어나세요! 흰 암말 소리가 들려요!"

반가움에 미처 옷도 걸치지 못한 채 오두막 밖으로 뛰쳐나오자마자, 그는 눈처럼 새하얀 암말의 허리와 부딪쳐 나무 벽 쪽으로 나동그라졌다. 하지만 북을 치듯 울리는 심장 소리가 채 잦아들기

도 전에 헐떡거리던 암말의 숨소리는 카들릭에게서 멀어져버렸다. 사람들이 모여들기 시작했을 때, 녀석은 이미 멀리 가버린 뒤

였다. 온 마을이 흥분으로 들끓었다. 몸을 일으키자 어깨에 통증이 느껴졌다. 그래도 카들릭은 행복했다. 꽉 쥔 주먹 안에 기다란 은빛 말총이 쥐어져 있었기 때문이었다.

"카들릭, 너 하마터면 죽을 뻔했구나!"

할머니가 소리쳤다.

소년은 얼굴 가득 환한 미소를 지었다.

"할머니, 그 유명한 흰 암말이었어요. 땅북을 치면서 일만 마리의 백마 축제를 알리려고 온 파발마예요."

"자칫하면 밟힐 뻔했어. 자, 이제 들어가자꾸나."

소년은 할머니를 따라 집으로 들어갔다. 기쁨에 들떠 있는 건 카들릭만이 아니었다. 곧 여러 마을의 주민들이 백마 축제를 위해 모여들 것이고, 수천 명의 기병들이 경주와 마상馬上 기예, 활쏘기 등 재주를 한껏 뽐내게 될 것이다.

축제가 시작되면 마을은 아흐레 동안 북소리와 노랫소리로 가득 찼다. 그리고 마지막 열흘째에는 대규모 마상 시합이 열려 사람들을 흥분의 도가니로 몰아넣었다. 사람들은 마을을 울리는 땅북 소리를 들으면서 코라카르 기사들이 벌이는 시합을 관람했다. 시합에 출전하는 선수들은 각 씨족에서 뽑힌 최고의 선수들로, 최후의 승리자는 푸른 종마에 올라타고 백마들을 이끌고 달의 산 방목지로 향하게 된다. 승리자는 큰 명예를 얻었으며, 마을의 무당들은 그를 칭송하는 노래를 만들어 부르게 했다.

카들릭은 북을 두드리고, 춤추고, 노래하기 위해 태어난 사람 같았다. 할머니는 그에게 씨족의 노래와 북 치는 법을 가르쳐주었다. 하지만 리듬의 마법 속으로 여행하는 법은 나중에 혼자 터득했다. 조를 빻는 절굿공이 소리, 칸막이 뒤에서 쥐가 긁는 소리, 지붕 위로 떨어지는 빗방울 소리, 숲에 쏟아져 내리는 둔탁한 비의 웅성거림, 두터운 장막 같은 밤의 숨결, 이른 아침의 여운, 곤충들의 울음소리, 새들의 떨리는 지저귐. 이 모든 것들이 그의 귓전으로 몰려와 북 위에서 자유롭게 리듬을 탈 수 있게 해주었다.

가끔 엄숙해지고 싶을 때, 그는 북의 울림 속에서 명상의 리듬을 찾아냈다. 북을 두드리면서 깊은 침묵 속으로 빠져들었다. 하지만 평소에는 활기차고, 잘 웃는 명랑한 보통 소년에 불과했다. 아침부터 저녁까지 너무나 쾌활하게 보냈기에, 그의 음악을 듣고서 춤추지 않는 사람이 없을 정도였다. 사람들은 장님 소년 카들릭이 손이 보이지 않을 만큼 빠르게 북을 연주하는 것을 보면서, 신들이 그의 눈을 멀게 한 대신 재빠른 두 팔을 선물로 주셨다며 웃었다.

일만 마리의 백마들이 모여 있는 축제 장소까지 가려면 갈 길이 멀었다. 마을은 온통 축제 준비로 들떠 있었다. 남자들은 울안에서 이동할 말들을 보살폈고, 할머니는 옷 보따리와 여행 중에 먹

마을은 온통 축제 준비로 들떠 있었다. 할머니는 옷 보따리와
여행 중에 먹을 음식, 그리고 염소 가죽으로 만든 물통을 준비했다.

을 음식, 그리고 염소 가죽으로 만든 물통을 준비했다.

태양이 내리쬐는 한낮, 카들릭과 할머니는 마을 사람들과 함께 길을 나섰다. 멋지게 차려입은 기병들이 저만치 앞서가고 있었다. 뒤에는 축제 분위기로 한껏 들뜬 마을 사람들이 웅성거리며 따라오고 있었다. 사람들은 걷는 내내 춤을 추고 노래를 불렀다. 도중에 다른 마을 사람들을 만나게 되자 일행의 걸음은 더욱 빨라졌다. 하지만 할머니의 지팡이는 땅을 짚는 박자가 점점 더 느려졌다. 기쁨에 들뜬 마을 사람들은 그 누구도 할머니가 힘에 부쳐 한다는 것을 알아채지 못했다.

밤이 되자 피로에 지친 할머니는 다른 사람들과 마찬가지로 맨땅에서 그대로 잠이 들었다. 카들릭은 할머니 곁에서 소리 없이 울었다. 이렇게 느릿느릿 걷다가는 축제를 볼 수 없을 것만 같았다.

다음 날 할머니가 카들릭에게 말했다.

"애야, 이렇게 오래 걷기에는 내가 너무 늙은 것 같구나. 그렇다고 앞 못 보는 너를 혼자 보낼 수도 없고……. 대체 이를 어찌하면 좋으냐?"

"할머니, 제발 포기하지 마세요. 제가 할머니 걸음에 맞춰 천천히 걸을게요. 신께서 도와주신다면, 축제가 끝나기 전에는 도착할 수 있을 거예요."

"신이시여, 부디 저에게 손주의 건강함을 주시고, 손주 녀석에게는 이 늙은이의 인내심을 주옵소서. 자, 가자꾸나!"

그들은 다시 길을 나섰다. 그날 길은 유난히 오르막이 많았다. 계속해서 오르고 오르고, 또 오르기만 했다. 숨을 헐떡이며 간신히 마지막 언덕에 오르자, 코라카르의 높은 고원 입구가 펼쳐졌다. 할머니는 기진맥진해 커다란 나무 발치에 길게 드러누운 채 가냘픈 미소를 지어 보였다. 졸졸 흐르는 시냇물 소리가 들려와 카들릭은 물통을 채우러 달려갔으나 앞서간 사람들이 이미 하천을 진흙탕으로 만들어버린 뒤였다. 하지만 장님 소년에게는 물 흐르는 소리만 들릴 뿐 찌꺼기와 진흙을 알아볼 수는 없었다. 갈증을 완전히 해소하지 못한 두 사람은 서로에게 짐이 되는 것을 미안해하며, 나무뿌리 사이에 웅크린 채 잠이 들었다.

이튿날 할머니는 하루 종일 몸을 일으키지 못했다. 카들릭은 할머니의 피로를 덜어드리려고 노래를 불렀다. 아, 아름다운 노랫가락에 홀린 걸까? 아니면 그들을 둘러싼 깊은 고요 때문이었을까? 멀리서 말을 타고 가던 한 사람이 카들릭의 청아한 목소리를 듣고는 두 사람이 보이는 곳까지 올라왔다. 그는 코라카르 사람은 아니었지만, 한 손을 자신의 가슴에 올려놓고 공손하게 할머니와 카들릭에게 인사를 했다. 그런 다음 안장에 걸려 있던 물통을 가져와 한 손으로 노부인의 목덜미를 받치고는 물을 흘려주었다. 카들릭도 물통을 건네받고 갈증을 풀었다. 시원한 물과 낯선 이의 다정한 배려에 그들은 다시금 기운을 차렸다. 나그네는 두 사람 곁에 자리를 잡고 앉아, 떡 하나를 세 조각으로 나눠 권했다. 그들은 최소한의 말만 주고받았다.

그는 먼 나라에서 온 음악가라고 했다. 그는 온 세상을 돌아다니며 각국의 노래들을 얻어 듣고, 그것들을 곧바로 자신의 류트[만돌린과 비슷한 모양에 6~13개의 줄이 있는 현악기]로 연주하기를 좋아한다고 말했다. 그러면서 그는 여행길의 동반자인 류트를 근사한 가죽 배낭에서 꺼내 보여주었다. 참으로 멋진 악기였다. 음악가는 스스로 도취되어 독특한 멜로디를 즉흥적으로 연주하기 시작했다. 그 가락은 우수에 젖은 듯하면서도 구슬프지 않았고, 지나치게 밝지 않으면서도 듣기에 편안하고 가벼운 멜로디였다. 주의 깊게 듣고 있던 카들릭은 염소 가죽으로 만든 작은 북을 조심스레 두드리며 화음을 연출했다. 밤하늘에서 별들이 하나둘 떠오르기 시작한 뒤에도 한참 동안 연주를 계속했고, 덕분에 할머니는 깊이 잠들 수 있었다.

카들릭은 밤하늘에서 별들이 하나둘 떠오르기 시작한 뒤에도
연주를 계속했고, 덕분에 할머니는 깊이 잠들 수 있었다.

할머니는 그곳에서 이틀 낮, 이틀 밤을 더 머물렀다. 백마 축제가 이미 오래전에 시작됐을 거라는 생각에 카들릭은 점점 애가 타기 시작했다. 다행히도 그들에게 연민을 품은 음악가가 물을 길러주고, 식량도 나눠주는 등 할머니가 기력을 차리도록 최선을 다해 도와주었다. 할머니가 잠을 청할 때면 악기를 연주해주었고, 잠에서 깨어나면 용기를 북돋워주었다. 마침내 할머니는 다시 일어설 수 있을 만큼 건강을 되찾았다.

음악가는 자신의 말안장에 할머니를 앉힌 다음 한 손으로는 고삐를, 다른 한 손으로는 카들릭의 손을 잡았다. 세 사람은 천천히 걸었고, 견딜 수 없을 정도로 태양이 뜨거워지면 큰 나무 그늘 아래에서 가끔 쉬기도 했다. 그렇게 해서 걷기를 계속한 세 사람은 날이 저물 무렵, 멀리서나마 달의 산 울타리를 볼 수 있는 곳까지 올 수 있었다. 달의 산까지는 아직도 사십팔 킬로미터를 더 가야 했지만, 음악가는 지름길 대신 빙 돌아서 가는 길을 택했다. 할머니와 카들릭을 데리고 가시덤불이 가득한 모래언덕을 넘어갈 수는 없었기 때문이다.

카들릭은 자꾸 조바심이 났다. 그의 귀는 희미한 웅성거림과 웅웅거리는 북소리에 잔뜩 쏠려 있었다. 축제의 메아리에 한껏 빠져든 카들릭은 소리가 들리는 쪽을 향해 세로로 길게 멘 북을 두드리며 걸었다. 그러다 축제에서 연주할 곡을 연습했다.

"일만 마리의 흰색 암말들이에요……. 그 말들을 신성한 울타리 안으로 몰아가는 마부의 목소리가 들려요."

카들릭은 갑자기 혼잣말처럼 크게 외쳤다. 광채 잃은 그의 눈에서 눈물이 흘러내렸다.

밤이 되었지만 카들릭은 계속해서 걸으려고 했다. 하지만 피로에 지쳐 말 위에서 잠든 할머니를 위해 야영을 할 수밖에 없었다. 축제 장소에서 들려오는 소음들로 내내 귀가 윙윙거려 카들릭은 제대로 잠을 이룰 수 없었다. 그는 온몸이 땀으로 젖었고, 자고 있는 음악가를 깨워야 할 만큼 갈증을 느꼈다. 음악가는 할머니의 단잠을 방해하지 않으려고 조심하며 그에게 물통을 건넸다. 갈증이 가신 카들릭은 다시 잠을 청했지만 좀처럼 잠이 오지 않았다. 그는 할머니의 보따리를 뒤져 비스킷 몇 조각과 종마에게서 뜯어낸 흰색 말총 묶음을 찾아냈다. 그러고는 그 말총 묶음으로 타래를 만들면서 축제의 마지막 날인 열흘째 아침을 기다렸다.

새벽녘에 깨어난 할머니는 조금 떨어진 곳으로 가서 축제 의상으로 갈아입었다. 음악가는 아름답다며 칭찬했으나, 마음이 급한 카들릭은 불필요한 치장이라며 화를 냈다. 그의 목적은 오로지 빨리 걸어가 마상 시합을 보는 것이었다.

한낮이 되자 열기는 한층 더 후끈 달아올랐다. 그들은 숨 쉬는 것조차 아껴가며 앞으로 나아갔다. 메마른 입속에서는 석회질 맛이 느껴졌다. 그때 갑작스러운 돌풍과 함께 일대 소란이 일어나 그들에게까지 전해졌다. 이제는 할머니도 들을 수 있을 정도였다. 말도 긴장했는지 귀를 쫑긋 세우며 몸을 소스라치게 떠는 통에, 고삐를 잡아당겨야만 했다. 웅성거림은 일순간 커져서 날카로운 굉음으로 변했다.

"할머니! 쌍둥이 기사예요. 광장을 향해 전속력으로 달리고 있어요. 아, 칼을 휘두르는 소리가 들려요. 사람들이 환호하며 쌍둥이 기사를 응원하고 있어요. 이번엔 들통 가득 우유를 가져와 신성한 울타리 안과 거대한 땅북 위에다 뿌리고 있어요. 이젠 차례로 경의를 표하고 자기 자리로 돌아가려 해요. 잘 들어보세요, 청동 트럼펫 소리가 들려요."

그들은 시합이 벌어지는 운동장에서 겨우 몇 킬로미터 떨어져 있을 뿐이었다. 카들릭은 저만치 앞서 걸어가면서, 탁탁거리는 재갈 소리와 기병들의 고함, 말들이 서로 부딪치는 소리가 나는 쪽을 향해 온통 정신을 집중했다.

"이제 각 씨족의 대표들이 나와서 저마다 자기 씨족의 정통성과 용맹성을 소리 높여 외칠 거예요."

마지막 모래언덕만 넘으면 축제 장소였다. 언덕 꼭대기에 오르자, 엄청난 환호성과 축제의 냄새가 그들 쪽으로 몰려왔다. 웅장하게 솟아 있는 달의 산이 무대를 감싼 채, 축제의 열기와 함성을 더하고 있었다. 음악가는 총천연색의 화려한 관중들과 일만 마리의 흰 암말로 가득 찬 거대한 광장과 그 둘레에 서 있는 수천 개의 천막과 정자 들을 바라보았다. 우뚝 솟은 돌들로 경계를 지은 원형 운동장에서는 백여 명의 기병들이 땅북의 희미한 울림을 들으며 겨루고 있었다.

카들릭은 광기에 사로잡힌 듯 옷을 벗어 던지고, 이마를 흰색 말총 타래로 세 번 돌려 감았다. 그러고는 염소 가죽 북을 휘두르면서, 힘없이 그의 이름을 부르는 할머니를 뒤로한 채 있는 힘껏 달리기 시작했다. 그는 놀랄 만큼 큰 소리를 내지르며 언덕을 뛰어 내려갔다. 그의 정맥 속에는 흰 암말의 용솟음치는 피가 끓고 있었다. 그는 마치 눈에 보이지 않는 어떤 사수가 당긴, 활시위를 떠난 살아 있는 화살처럼 광장으로 굴러갔다.

장님 소년은 다른 어떤 기병들보다 훨씬 날렵하고 힘차게 날아올랐다. 맨발로 달려가는 그의 모습은 경쾌했고, 금빛 불꽃이 공기 중에 흔들거리는 것처럼 보였다. 그는 높이 뛰어오르고, 공중제비를 돌고, 고개를 뒤로 젖힌 채 은빛 말총 타래를 두른 머리를

맨발로 달려가는 카들릭의 모습은 경쾌했고, 금빛 불꽃이 공기 중에 흔들거리는 것처럼 보였다.

흔들어댔다. 관중들은 마치 사막에 나오는 정령을 보는 것처럼 그가 지나가는 모습을 마냥 바라보았다. 마상 시합의 심판관인 쌍둥이 기사조차 그를 따라잡을 겨를이 없었다. 빙글빙글 돌면서, 기쁨에 들뜬 목소리로 한껏 노래를 부르는 사이 그는 이미 광장 한가운데까지 와 있었다.

"헤- 헤- 하- 예- 하- 헤- 헤- 야-!"

"나는 카들릭, 쿠칼뤼아의 장님 소년! 내 노래를 들어봐요! 내가 바로 북 치는 소년! 암말들의 조련사!"

"헤- 헤- 하- 예- 하- 헤- 헤- 야-!"

"내 발은 땅을 구르는 발굽, 내 손은 가죽을 치는 발굽!"

"헤- 헤- 하- 예- 하- 헤- 헤- 야-!"

"나는 카들릭, 말을 춤추게 하네! 나는 흰 암말의 말총, 말총을 잇고 또 잇네. 흰 암말의 말총, 말총을 이끌고 데려오지. 흰 암말의 말총, 말총을 서로 묶지!"

카들릭은 두 발로 우유와 피와 땀으로 흠뻑 젖은 둥근 광장에서 힘껏 뛰어올랐다. 흰 말총 타래는 소용돌이치는 어둠 속에서 빛을 발했다. 말들도 소년의 벌거벗은 몸 주위에서 춤을 추었다. 기병들도 알 수 없는 힘에 이끌린 말들을 어찌할 수 없었다. 카들릭의 북소리에 땅북의 둔탁한 울림이 화답하고, 그 옛날 거뒀던 눈부신 무훈들이 말들의 목구멍 깊숙한 곳에서부터 되살아나는 듯했다. 하늘과 산과 들판, 그를 둘러싼 모든 것이 동요하고 있었다.

이 순수한 마법이 펼쳐지는 순간, 코라카르의 모든 씨족 사람들이 증인이 되었다. 할머니가 눈물과 웃음이 뒤범벅된 얼굴로 카들릭에게 다가왔을 때, 사람들은 벌써 그를 푸른 종마의 잔등 위로 올려 태우고 있었다.

종마는 엄청난 환호에 둘러싸여 있었다. 일만 마리의 흰 암말 축제인 마상 시합의 최종 승리자는 바로 쿠칼뤼아의 장님 소년 카들릭이었다. 카들릭은 그때부터 줄곧 '말들을 춤추게 한 자'로 불리게 되었다.

**마상 시합을 위해
멋지게 차려입은 기병들**
기병들은 그들이 속한 씨족을 상징하는 투구를 쓴다. 이들은 씨족은 다르지만 함께 자라고, 함께 싸우며, 죽음도 같이한다.

마상 시합 때 드는 채

심판관

마상 시합

쌍둥이 기사는 코라카르 기병들 중 최고이다.

58 —— 비취 나라에서 키눅타섬까지

마상 시합에서 최후의 승리를 거둔
왕은 백마들을 이끌고 달의 산 방목지로 향한다.

말 가면 춤

마상 시합 때 치는 북

땅북

백마들의 군무

마상 시합의 왕

· K · 코라카르 나라 —— 59

Le pays des Lotus

연꽃 나라는 많은 연못과 강, 그리고 운하로 이루어진 나라이다. 드넓은 영토지만 눈에 띄지 않는 곳에 있어, '세 가지 향수'라 불리는 석호에 우연히 닿을 때에만 비로소 찾을 수 있다. 혈관을 따라 흐르는 피처럼 물 밑으로 흐르는 절대 불변의 법률에 따라, 물의 왕은 그 광대한 나라를 평화로이 지배하고 있다.

폭풍 · 세 가지 향수 석호 · 수백 그루 도시들 · 꽃마을 · 물의 왕
흐르는 물 조합과 고인 물 조합 · 미친 풀 · 망사 지방
병든 영혼들의 호수 · 제논 당브르와지 이야기

· L ·
연꽃 나라

　거센 폭풍이 일던 어느 날, 캉디아의 상선들은 거친 물살을 헤치고 출항에 나섰다. 쉴 새 없이 몰아치는 돌풍과 싸라기눈 속에서 배 한 척이 길을 잃고 말았다. 그 배는 망망대해에서 파고를 넘나들며 며칠 낮과 밤을 보냈고, 돌풍이 잦아들 무렵 미지의 땅에 닿게 되었다. 그곳은 크고 불룩한 구름들이 내리누르듯 떠다니는 긴 모래 해안이었다.

　선원들은 모래층을 피해 안전한 곳에 배를 대려고 한동안 해안을 따라 조류와 바람이 이끄는 대로 움직였다. 그러다 피로에 지친 그들의 눈에 맹그로브 나무들로 가득한 작은 섬들이 차례차례 펼쳐졌다. 마침내 선원들은 어느 물길로 접어들었고, 그곳에서 석호[바다와 분리되어 생긴 호수] 하나를 발견했다. 그런데 이미 그곳에는 바다 저 멀리에서 도착한 수많은 배들이 정박해 있었다.

캉다아의 상선은 미풍에 떠밀려 점점 더 석호 가까이 다가갔다. 석호에 위치한 도시는 수평선과 엇비슷한 높이에서 길게 펼쳐져 있고, 건물들은 빽빽이 늘어선 말뚝 위에 자리하고 있었다. 도시와 선박들 사이로 수많은 너벅선들과 함선들이 위아래로 흔들리고 있었는데, 그 위에서는 사람들이 찌는 듯한 더위에도 아랑곳 않고, 개미 떼처럼 늘어서서 상자, 항아리, 바구니, 고리짝 등을 실어 나르고 있었다.

선장 제논 당브르와지는 그 광경을 보자, 자신이 중요한 교역 장소에 도착했다고 확신했다. 팔아넘길 물건들을 많이 갖고 있는 데다, 마침 보충할 식량과 식수도 필요했던 터라 더없이 기뻤다. 그는 일 미터 정도 깊이로 닻을 내리고 돛을 접어 올리도록 했으며, 가장 높은 돛대에 꽂혀 있던 캉다아의 국기도 내리게 하였다. 일을 마치자마자, 작고 길쭉한 배 한 척이 그들 배 곁으로 다가왔다. 그 배에 탄 한 사내가 제논 선장에게 승선하겠다는 의사를 전달했다.

그는 자모렝이라는 이로, 이곳 랑 뤼안 시에 살면서 교역에 관한 법률을 관장하는 업무를 보고 있었다. 땅딸막한 키에, 구릿빛 피부, 검은 머리칼 아래 눈빛이 생기 있는 사내였다. 그의 과장된 미소와 찌푸린 인상, 요란한 몸동작과 참을성 있는 태도로 미루

어볼 때, 상대방을 설득하는 기술이 보통이 아님을 알 수 있었다.

제논 선장은 사내한테 배를 대고 거래를 할 수 있는 허가를 받

아냈다. 하지만 우기가 시작되기 전에 다시 길을 떠나려면 일을 서둘러야만 했다. 거래는 양쪽 모두에게 큰 이득이 되었다. 제논

흔들리는 수많은 너벅선과 함선 위에서는 사람들이 상자, 항아리, 바구니, 고리짝 등을 실어 나르고 있었다.

은 오르배산 깃털로 만든 장식품들과 인디고섬에서 가져온 '구름 천' 백여 필, 용연향龍涎香, 야자로 만든 술 등과 함께 신비롭고 희귀한 돌인 '거인들의 심장석' 세 개를 선창에 싣고 있었다. 그는 진귀한 물건들과 헤어지는 것이 몹시 아쉬웠지만, 덕분에 랑 뤼안 상인들의 마음을 사로잡아 그들이 창고 문을 열게 하는 데 성공했다.

지방 상인들과 교역할 만한 물건들은 그리 많지 않았지만, 그는 이익을 떠나 매일 밤 큰 잔치가 벌어지는 매력적인 장소가 기항지라는 것이 무척 만족스러웠다.

어느 날 자모렝의 초대를 받아 식사를 하던 제논은, 이처럼 외진 항구에서 중대한 교역이 벌어지고 있다는 사실에 새삼 놀랐다고 고백했다. 그러자 자모렝은 이렇게 이야기했다. 랑 뤼안은 그저 거점 역할을 하는 부속 도시로, 주민들 중 과반수가 반년마다 도시를 떠난다. 그런데도 훨씬 부유하고 인구가 많은 연꽃 나라보다 교역이 활발한 이유는 파도가 잔잔하고, 외국 선박이 많이 드나드는 '세 가지 향수 석호'°의 입구에 위치하고 있기 때문이다.

자모렝의 말은 제논의 호기심을 자극하기에 충분했고, 제논은 그를 재촉하여 더 많은 이야기를 듣고 싶어 했다. 하지만 자모렝

° 활발한 교역이 이루어지는 연꽃 나라의 도시, 랑 뤼안을 말한다.

의 입에서 나온 이야기는, 랑 뤼안을 지나가는 큰 강의 지류 중 하나가 이곳에서 십육 킬로미터 떨어진 석호로 흘러간다는 것과, 그 강을 거슬러 올라가는 일은 시간도 많이 걸릴 뿐더러 매우 노련한 길 안내인도 필요하다는 말뿐이었다. 그리고 그곳은 강물이 잔잔하긴 하지만 굴곡이 심하고, 많은 함정들이 도사리고 있다고 했다. 어쨌거나 그러한 긴 여행을 계획하기에는 시기적으로 뒤늦은 감이 있었다. 제논의 배는 너무 무거운데다 조종하기도 쉽지 않아, 암초에 걸리거나 맹그로브 나뭇가지 사이에 끼이기라도 하면 옴짝달싹 못 할 우려가 있었다.

결국 제논 당브르와지는 귀항길에 필요한 물품과 물건 들을 팔아 남긴 이익을 배에 가득 싣고 캉다아로 되돌아갔다. 하지만 그의 머릿속에는 다시 한 번 연꽃 나라로 가겠다는 생각이 떠나지 않았다.

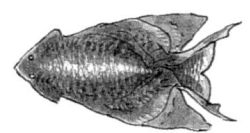

캉다아의 현자들은 대사로 위임한 제논의 원정에 대해 매우 흡족해했다.

제논은 곧바로 그 이듬해에 세 가지 향수 석호에 닻을 내렸다. 자모렝은 제논의 방문을 환영했으나 연꽃 나라는 찾기 힘드니 원정 계획을 포기하라며 그를 설득했다. 하지만 제논은 자모렝의 말을 귀담아듣지 않았다.

제논은 배를 젊은 여자 부선장인 지야라에게 맡기고, 일 년 후에 만나자고 약속했다. 그런 다음 강을 거슬러 올라가기에 적합한 작은 배를 하나 장만하여, 길 안내인과 함께 연꽃 나라를 찾아 나섰다.

일 년 뒤, 그는 정확히 약속을 지켰다. 하지만 그는 물의 왕을 만나지 못했으니 자신의 임무를 완수하지 못한 것이라 여기고, 또다시 지야라에게 이 년 후에 만나자고 했다. 그는 다시 떠나기 전 지야라에게 자그마한 책 한 권을 맡겼는데, 그 속에는 그동안 여행하면서 수집한 연꽃 나라에 관한 모든 정보가 고스란히 담겨 있었다.

우리는 여기에서 그 책의 주요 항목들을 살펴보고자 한다. 안타깝게도 이 항목들 중 상당 부분이 소실되거나 습기를 머금어 지워져 있었다.

선원과 상인을 위한 연꽃 나라 안내문

연꽃 나라

연꽃 나라는 '흰 강'이라 불리는 길고도 드넓은 강을 따라 펼쳐진 수로의 나라이다. 물은 '장뇌樟腦산맥'에서 발원하여, 수많은 운하와 지류들로 갈라진 다음 '평온의 바다'로 흘러들어 간다. 그 운하들 중 세 가지 향수 석호로 들어오는 길만이 유일하게 큰 배들이 드나들 수 있는 곳이다.

세 가지 향수 석호

길이 사십팔 킬로미터, 폭 십육 킬로미터의 석호이다. 맹그로브 나무들과 모래 갯벌로 둘러싸여 있으나 먼바다에서 온 돛단배들이 정박하기에 적합한 장소이다.

연꽃 나라의 관문인 랑 뤼안 시에는 상점과 창고 들이 즐비한데, 면세 혜택으로 수많은 외국 선박들이 드나들었다. 자모렝은 교역에 관한 법률을 관장하며, 꼭 친해져야 하는 사람이다. 교역은 언제나 황혼 무렵에야 끝이 나는데, 저녁에는 곳곳에서 와자지껄한 노래와 춤판이 벌어져 조용히 잠들기에는 좋지 않다.

우기에 주민 대부분은 랑 뤼안을 떠나고, 매년 남녀노소를 합해 인구의 사분의 일 정도가 열병으로 목숨을 잃는다.

수만 송이 연꽃 호수

이 호수는 바다처럼 넓고, 수면에 무수히 많은 연꽃이 피었다고 해서 '수만 송이 연꽃 호수'라 불린다. 이 호수 위를 아름다운 정원들이 떠다니는 것을 볼 수 있는데, 정원들에는 장과[겉껍질이 얇고, 즙이 많은 열매]와 과일나무를 비롯한 강낭콩, 달고 즙이 많은 멜론 등도 심어져 있다.

각각의 정원에는 사람들이 살며, 여러 개의 정원들이 모여 마을을 이룬다. 이들은 폭풍이 다가올 때면 갈대숲으로 피신하며, 세월 따라 물결 따라 유유히 떠돌아다니며 유랑 생활을 한다.

동식물

종류가 너무도 많아 일일이 다 헤아릴 수가 없을 정도다. 사람들은 '야단법석 비'가 마구 쏟아지는 우기가 찾아오기 전 '이동 수초'들을 수확하고, '하늘을 나는 물고기'를 일년 내내 낚는다. 나선형의 이중 코를 지닌 하마는 맛이 좋아 사람들이 즐겨 찾는 사냥감이다. 대부분의 가정에서 침을 잘 뱉는 아글로비를 키운다. 아글로비는 작은 포유동물로 나선형으로 말려 올라간 코로 분수처럼 물을 찍찍 뿌리면서 위험 신호를 보낸다.

도시와 마을들

도시에는 세 유형이 있다. 수백 그루의 맹그로브 나무가 심어진 '수백 그루 도시들'과 수만 송이 연꽃 호수에 위치한 '유랑의 도시들'과 '단단한 땅의 도시들'이다. 수백 그루 도시들은 숲과도 같은 맹그로브 나무 말뚝 위에 세워졌고, 유랑의 도시들은 떠다니는 섬들 위에 세워졌다.

단단한 땅의 도시들은 논과 흰 강 상류의 구릉에 있는 차밭 아래에 위치해 있다. 이들 도시들은 인구밀도가 매우 높고, 통운이 매우 발달한 곳이다. 강에서 올라온 범선들은 그들이 통과하는 운하뿐 아니라 강가에서도 활발한 교역을 벌인다.

마을들은 주기적으로 옮겨 다닌다. 이 중 가장 아름다운 마을은 집들이 수직으로 서 있는 배처럼 생긴 '꽃마을'이다. 여기저기에 매우 크고 근사한 호텔 겸 식당들이 즐비하고, 음식도 매우 맛이 좋다. 하지만 술잔을 단숨에 비우는 행농은, 물의 왕에 대한 모욕으로 여겨지므로 반드시 삼가야 한다.

다양한 배들

이곳에서는 여러 종류의 배들을 넘치도록 볼 수 있는데, 대부분은 집으로 사용된다. 배 주인의 신분은 뱃사공의 노랫소리로 짐작할 수 있다.

주인의 신분이 높으면 뱃사공의 흥얼거림도 힘과 리듬감이 넘치고, 어부들처럼 작은 뗏목을 타는 이들은 실처럼 가느다란 목소리로만 노래할 수 있다. 하지만 그런 낮은 읊조림이 훨씬 더 매력적으로 들린다.

뱃사공

이곳의 뱃사공들과 길 안내인들이 물길을 읽어내는 능력은 수준급이다. 이들이 물빛과 물의 감촉을 표현하는 데 사용하는 용어들을 일일이 설명하려면 책 한 권으로도 부족하다.

'파도'라는 단어는 이곳에선 아무런 의미가 없다. 그들은 파도를 크기와 높이에 따라 나누기도 하고, 파도가 굽이치는지 잘게 부서지는지, 반지르르한지 거품이 이는지, 바람에 의한 것인지

조류에 의한 것인지, 얕은 여울에서 생긴 것인지 큰 강줄기로 인해 생겨난 것인지 등에 따라 수천 가지로 구분하고 있다.

운하와 수문

사람들은, 수문을 여닫는 것만으로 물의 왕이 마음대로 한 지역을 오가도록 할 수 있고, 조류의 방향을 바꿀 수도 있다고 믿는다. 물의 왕은 물길에 관해서는 하루 열두 시간, 아니 열두 달 내내 완벽한 통제를 하고 있다. '흐르는 물 조합'에서는 각 도시의 물의 흐름을 조절하고, '고인 물 조합'에서는 호수와 연못의 관리를 맡고 있다. 각 수문에서는 기름칠한 가죽 배낭 속에 물의 왕의 주문서를 들고 다니며 전달하는 수중 배달부들의 업무 교대식을 볼 수 있다.

교육

어린아이들은 산수, 예의범절, 중얼거림, 글쓰기와 다이빙 등 다섯 과목을 배운다. 물가 말뚝 위의 오두막집에서는 나이 든 스승들이, 글씨체가 마치 바람에 드러누운 갈대를 연상시킨다 하여 '미친 풀'이라 불리는 아름답고 재미있는 글씨체를 가르친다.

물의 왕은 물길에 관해서는 하루 열두 시간, 아니 열두 달 내내 완벽한 통제를 한다.

풍속

나라 전체의 풍속은 매우 자유롭다. 예의범절 말고는 반드시 지켜야 할 규율이 따로 없다. 예의범절은 무엇보다도 다른 사람의 말을 잘 받아들이는 것을 뜻한다. 이곳의 아이들은 스스로 가족을 선택하는 일이 흔하며, 혼인 관계도 감정에 따라서만 유지된다.

신

연꽃 나라의 신들은 수없이 많고 모두 자비롭다. 단 '홍수의 신'만이 예외인데, 사람들은 그 신의 무지막지하게 비대한 배 속을 가득 채운 어두운 물을 말라붙게 하려고 엄청난 양의 마른 과일을 그에게 바친다.

계절

연꽃 나라에는 날마다 비가 내린다. 그러나 그곳 주민들은 계절을 둘로 구분하는 습성이 있다. 하나는 우레와 같은 소리로 야단스럽게 내리는 '야단법석 비의 계절'로, 둥글고 어둡고 무거운 구름이 홍수를 일으킨다. 다른 하나는 '달콤한 비의 계절'로, 이때 구름은 희고 따스하며 우유 같은 단비를 내린다.

망사 지방

망사 지방은 연꽃 나라에서 가장 신기하면서도 아름다운 지역이다. 곳곳에 '나비 정원'이 있어 여행객의 발길을 끌어당긴다. 그 지방의 집과 거리와 광장 들은 얇은 천막을 팽팽히 잡아당겨 만든 가벼운 건축물이다.

아침 안개 속에서 깨어날 때면, 도시는 하나의 거대한 누에고치 같다. 사람들은 마치 반투명의 방들과 복도에서 소곤대고 있는 것처럼 보인다. 밤이 되면 천막으로 둘러싸인 궁전들 뒤로 수천 개의 등불이 켜지고, 멋진 연극이 화려하게 펼쳐진다.

병든 영혼들의 호수

이 호수에는 기괴한 형상을 한 바위들이 군데군데 서 있다. 스스로와 화해하기를 원하는 사람들은 이곳에 와서 작은 배를 빌려 타고 '말 없는 의사'의 치료를 받는다. 그들은 바위의 형상들을 보면서 복잡했던 과거사를 떨쳐낸다.

환자가 뱃머리에 기대앉아 길고 허술한 노를 잡은 채 큰 소리로 말하기 시작하면 의사는 키를 붙잡고 아무 말 없이 앞으로 나아가는 것이다. 의사는 노련한 솜씨로 배가 여울목에서 뒤집히거나 좌초되는 것을 막는다. 영혼이 병든 많은 사람들은 규칙적으로 호

수로 되돌아오고, 그중 일부는 이 흥미로운 처방을 몇 년 동안 계속 받기도 한다.

언어

물가에 사는 사람들은 다소 게으르지만 말은 빠르고 유창하다. 일부 지역에서는 여자들이 쓰는 말과 남자들이 쓰는 말이 서로 다르다. 따라서 항상 상대의 신분과 성별, 나이 등을 잘 파악한 후 그에 맞는 말을 사용해야 한다. 똑같은 단어라도 사람에 따라 다르게 발음되기 때문이다. 젊은이들은 그들끼리 '장다린zandaline'이라는 언어로 말하는데, 그것은 말이라기보다는 음악에 가까운, 세상에서 가장 아름다운 말이다.

물의 왕

'물의 왕'은 매일 거처를 바꾸고, 대사들을 접견할 날과 시간을 마음대로 결정한다. 그는 자신을 만나고 싶으면 먼저 연꽃 나라 전체를 둘러봐야 한다고 말한다.

이 년 뒤, 지야라는 랑 뤼안에 도착했다. 하지만 제논 당브르와 지는 약속 시간에 나오지 않았다. 그는 고향으로도 영원히 돌아오지 않았다. 물의 왕은 제논이 대사 자격으로 연꽃 나라에 와 있다는 소식을 듣자마자, 오 년 동안 망사 지방의 영사領事직을 맡겼고, 십 년 동안 고인 물 조합의 회원으로 활동하게 했다. 그 즈음, 제논은 연꽃 나라 언어를 완벽하게 구사할 수 있게 됐고, 서로 다른 네 가지 글씨체도 익혔다. 연꽃 나라의 고위직까지 맡아달라는 제의를 받았지만, 그는 더 많은 것을 배우고 예술과 과학에 전념하고자 이를 사양했다. 그는 물 오르간의 연주 비법과 가마우지 낚시법을 배우고 싶어 했고, 연꽃 나라의 다양한 의학들을 익혔다. 그는 '병든 영혼들의 호수'와 '말 없는 의사'의 치료법에 대해서도 공부했다. 사람들은 그가 말 없는 의사 역할을 훌륭히 해낸다고 했는데, 그것은 그가 말수가 적었기 때문이었다. 또한 그는 사랑법도 배웠는데, 그 나라 관습이 그러하듯 그가 머무는 곳마다 가정이 하나씩 생겨났다.

　　제논은 환갑이 되자, 관직에서 물러나 어느 외딴 지방의 작은 마을로 가서 그곳 아이들에게 '다섯 가지 과목'을 가르쳤다. 그는 물가의 갈대숲 한가운데에 오두막을 짓고 살았는데, 어느 날 수중 배달부가 물의 왕이 보낸 공식 초대장을 들고 찾아왔다.

　　그동안 제논은 물의 왕이란 존재를 거의 잊고 지냈었다. 제논은 아름다운 미친 풀의 서체로 종이에 대충 다음과 같은 사연을 적었다.

"폭풍우가 저를 연꽃 나라의 입구까지 끌고 왔을 때, 저는 젊었고 야심에 넘쳤습니다. 하지만 강물을 따라 떠내려가는 촛불처럼 자유롭고 가볍고 경쾌하게 인생을 살면서 인내를 배웠고, 곧 포기도 익혔습니다. 이제 저는 더 이상 캉다아의 대사가 아니랍니다. 이제 그곳은 그 옛날 연꽃 나라가 제게 그러했듯이, 멀고 신비롭기만 합니다. 이제 저는 임금님 앞에 직접 모습을 드러내기에는 너무 늦었습니다. 지금 저는 삶의 마지막 순간을 기다리고 있습니다. 그것도 '달콤한 비'가 내리는 평화로운 계절에, 평온한 분위기 속에서 그 순간을 맞게 되기를 희망합니다."

망사 지방의 우아한 여인들

이동 수초들을 수확하는 모습

미친 풀의 서체는 두 가지 방식으로 읽힌다. 하나는 사람 목소리처럼 읽힐 수 있고, 또 하나는 악보처럼 노래로 불릴 수도 있다. 이는 스치는 갈대 소리와 흐르는 물소리, 속삭이는 바람 소리를 흉내낸 것이다.

미친 풀의 서체

이동 수초들

꽃마을

떠다니는 정원

82 ─── 비취 나라에서 키눅타섬까지

하늘을 나는 물고기 낚시

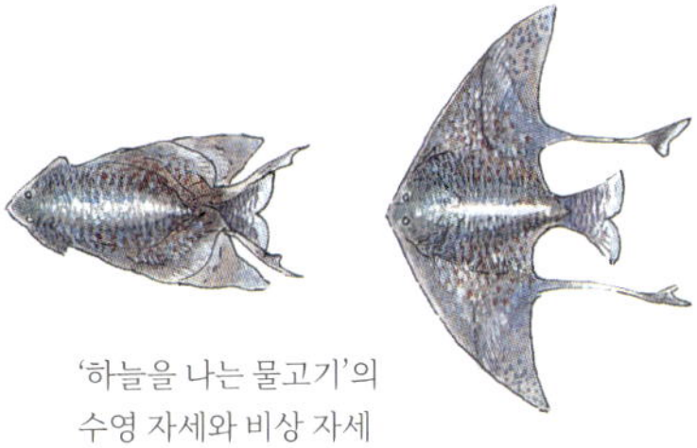

'하늘을 나는 물고기'의 수영 자세와 비상 자세

물의 왕의 편지를 배달하는 수중 배달부

이중코를 가진 하마는 넓은 파피루스 수초 지대에 살고, 긴 코를 펼쳐서 수면의 공기를 호흡한다.

고인 물 조합에 속한 한 조합원의 화려한 배

이중 코를 가진 하마 사냥

· L · 연꽃 나라 —— 83

Les montagnes de la Mandragore

지도 제작을 위해 험준한 만드라고르산맥으로 떠났던 원정은 매번 실패를 거듭했다. 음산한 감시탑들이 눈에 들어오면 만드라고르 근처에 와 있다는 신호이다. 외부 침입자들에게 적대적인 이 검은 산들은 외딴 계곡 깊숙한 곳에 '두려움'이라는 끔찍한 병을 숨기고 있다.

감시탑 · 지도 제작 원정 · 국토지리부 · 만드라의 수령
두려움이라는 병 · 두 개의 심장을 가진 마법사 · 만드라고르산맥
탑에 묻힌 병사의 전설 · 니르당 파샤의 이야기

· M ·
만드라고르산맥

    니르당 파샤는 한 감시탑 아래에 마차를 세우고 밖으로 나왔다. 그는 마부에게 마차와 말을 나무 그늘 아래 대놓으라고 일렀다. 그러고는 자갈밭을 기어 올라가 탑으로 가는 문을 찾아보려 했으나 가시덤불에 걸려 옴짝달싹할 수가 없었다.

    보이는 거라고는 그의 머리에서 마흔다섯 걸음 정도 높이에 있는 고깔모자 모양의 석등뿐이었다. 그 석등에는 불빛이 새어 나올 만한 구멍이 하나 나 있을 뿐, 아무리 둘러보아도 탑 위로 올라갈 수 있는 출입구는 보이지 않았다. 길도 곤충들이 득실대는 올리브나무와 떡갈나무 숲 계곡 쪽으로 난 내리막길이 전부였다. 그는 다시 주위를 찬찬히 둘러보았다. 그런 그의 눈에 일 킬로미터쯤 떨어진 고원의 능선 위로 불쑥 튀어나온 또 다른 탑이 들어왔다. 지평선에는 연보라색과 회색이 뒤섞인 만드라고르산맥이 장중

한 모습을 드러내고 있었다. 니르당 파샤는 마차로 돌아왔고, 손으로 탁탁 치며 발의 먼지를 털어냈다. 그러면서 다시 출발할 것을 마부에게 일렀다. 만드라고르의 음산함에 기가 질려 있던 마부는 그 말에 매우 흡족해했다.

산길은 매우 험했다. 땅은 급류가 지나간 흔적들로 울퉁불퉁했고, 온통 질퍽거리는 진흙투성이였다. 진창길은 험난한 계곡을 따라 길게 이어져 있었으나, 짙은 어둠에 가려 잘 보이지 않았다. 그나마 깎아지른 듯한 절벽의 중간중간에 있는 돌출 부분을 잡아가며 간신히 위험한 상황에서 빠져나올 수 있었다.

니르당 파샤는 무릎 위에 그 지방의 지도를 펼쳐놓고, 덜컹거리는 마차의 요동에 몸이 흔들리는 조수에게 열심히 설명하기 시작했다. 그의 조수 탈리즈는 이번 여행이 처음이었다. 그는 당대 가장 유명한 지도 제작자인 니르당 파샤와 함께 원정을 간다는 사실을 대단한 영광으로 여겼다. 두 사람은 막중한 임무를 띠고 그들 나라에서 아주 멀리 떨어진 이 황야까지 온 것이다. 국토지리부에서 일하는 니르당 파샤는 사무실에 앉아 지도책을 들여다보는 것보다 모험하기를 더 좋아하는 사람으로 알려져 있었다. 그 사실이 탈리즈를 더욱 들뜨게 했다.

탈리즈는 눈길을 돌려 마차 밖 풍경을 바라보았다. 마차는 검은

소나무 숲을 지나고 있었다. 너무 멀어 보이지는 않지만 소란스럽게 부서지는 급류 소리가 차갑고 습한 공기를 타고 아래쪽 협곡

에서부터 올라오고 있었다. 그 소리가 하도 시끄러워 니르당 파샤는 고함치듯 목소리를 한껏 높여 말해야 했다.

"스물여덟 개의 지방과 왕국, 백서른네 개의 방언, 세 개의 공식 종교, 금지된 예식과 미신들……. 바로 이런 것들이 우리 나라의 특징이지. 바다를 마주해 멀리 있는 섬까지 볼 수 있는 곳도, 큰 강을 끼고 부락이 형성된 곳도 있지. 또 어떤 곳은 평원이나 언덕이 굽이치는 산등성이 위에 있기도 하고, 뾰족한 봉우리와 능선들로 이어진 산들로 덮여 있기도 해. 상인들과 상점 주인들로 북적이는 도시도 있는데, 이들은 저녁마다 정원에서 바람을 쐬며 신선한 공기를 들이마신다네. 하지만 그곳에서 사백여 킬로미터 떨어진 곳에서는 가난한 사람들이 뜨거운 태양 아래 염전에서 소금을 캐느라 죽을 고생을 하지. 탈리즈, 이렇게 서로 어울리지 않으면서 한데 어우러져 있는 것이 도대체 뭘 뜻한다고 생각하나?"

"그것은 모든 제국의 백성들이 성은이 망극하시고 정의로우신 카들림 술탄의 지혜로운 법을 따르고 있기 때문입니다. 신은 술탄이 장수하도록 해주셨지요."

"사실이네, 탈리즈. 사실이고말고. 하지만 어떻게 법률이 그처럼 넓은 영토에 두루, 이렇게 후미진 곳까지 미칠 수 있다고 생각하는가?"

"높은 지위에 계신 대신들은 모두 술탄에게 충성하고, 그 아래 대신들과 제후들은 지혜로우며, 관리들 또한 열성을 다해 자기

몫을 해내기 때문에……."

그러자 니르당 파샤는 다소 역정을 내며 말허리를 잘랐다.

"그럴 수도 있겠지, 그럴 수도 있을 거야. 하지만 질병과 부패에 굴복하는 것은 오직 인간들뿐이야. 인간은 언제나 자신들의 이익을 챙기는 데만 혈안이 돼 있으니까. 이 나라는 왕의 칙령이 온 나라를 두루 적시고 있어. 생각해보게, 시골 오두막이나 수도의 궁궐 할 것 없이 술탄의 손이 미치지 않는 곳이 없지 않은가? 이건 기적이야, 기적. 그렇다면 이처럼 매일매일 일어나는 기적은 어디서 비롯되는 것이라 생각하는가?"

탈리즈는 잠시 곰곰이 생각하고 나서 이렇게 말했다. 사실, 탈리즈는 파샤가 자기 일에 대단한 열정을 가지고 있다는 것을 이미 알고 있었다.

"도로 때문이죠. 도로가 나 있어 새로운 소식들이 궁궐로 흘러 들어 가고, 전령사들이 왕의 칙령을 제국의 구석구석까지 전달할 수 있지요."

"탈리즈, 우리가 지나온 길들을 세밀하게 관찰하지 못했군. 물론 도로는 꼭 필요하지. 그 점에 대해선 누구보다 내가 잘 알고 있다네. 하지만 형편없는 길들도 꽤 있어. 그런 길들은 겨울에는 영 쓸모가 없고 봄에 홍수가 나면 이내 사라져버린다네. 어디 그뿐인가. 모래나 바람에 휩쓸려 지워져버리기도 하지. 그러니까 답은 도로가 아니란 말일세. 술탄이 왕궁 너머의 세상까지 볼 수 있고, 그래서 그의 손이 언제 어디에나 미칠 수 있다고 한다면, 그것은 순전히 우리가 있기 때문이지!"

"우리 때문이라고요?"

"암, 그렇고말고. 자네와 나, 그리고 국토지리부에서 묵묵히 일하는 모든 관리들 덕분이야. 논밭, 도시, 강, 숲, 사막 등을 형태가 일정치 않은 한 덩어리라고 생각해보게. 그리고 거기에다 자연의 변덕스러움과 인간의 광기를 덧붙여 생각해보고, 또 이 전체를 저 높은 하늘에 있는 신의 오묘한 계획에 맞춰 생각해보는 거지. 과연 그 누가 조금이라도 의미를 알 수 있겠는가? 그게 바로 우리의 임무라네. 이 제국을 수선하고, 누더기처럼 갈기갈기 찢어진 땅을 깁고 꿰어서 술탄이 보셨을 때 읽을 만한 것이 되게 하는 것. 그것이 바로 우리의 역할이지. 내 말을 믿게나, 탈리즈. 지도가 없으면 국경도 없고, 법도 존재하지 않는다네.

뿐만 아니라, 어느 나라의 오랑캐 왕이 지평선 너머에서 군대를 이끌고 나타나 한창 북을 울리며 전함과 무기를 가동시키고 있을 때, 술탄은 이미 오랑캐들을 무찌르는 데 걸리는 시간을 정확히 파악하고 움직이지. 장군들, 대신들과 함께 지도 위에다 색깔 있는 선으로 큼지막하게 표시해가며 부대들을 배치하고, 군사 작전과 전투지 답사를 사전에 마쳤기 때문이라네. 그래서 군대, 도시, 여자들, 아이들, 가축, 야생동물, 하다못해 적군의 땅에 흐르는 시내의 맑은 물까지도 술탄의 손안에 놓이게 된 것이지. 이런 모든 내용들을 술탄께서는 두루마리 양피지에 가득 적어놓고, 선반에 보관하도록 지시해두셨지. 바로 이것이 지도가 지닌 엄청난 위력이라네, 탈리즈. 지도는 그것을 이용하는 자에게 시간과 공간을 제어하는 힘을 줄 수 있어. 바로 그 때문에 술탄은 자기 권력의 소중한 보조물인 지도를 팔거나 사는 자들에게 사형을 내리는 것이라네."

"하지만 사람이 사는 곳은 땅이지 종이가 아니지 않습니까?"

"탈리즈, 사람들은 살아 있다고 믿지만 그들은 단지 꿈을 꾸는 것뿐이야. 오직 술탄만이 깨어 있다네. 내 말을 믿게나. 술탄은 깃털 달린 펜촉을 한 번 쓱 긋는 것만으로도 그 지역에 사는 사람들을 제거해버릴 수 있으니까."

그러는 동안, 마차는 어느 여관 마당으로 들어서고 있었다. 마부의 말로는, 그곳이 밤이 되기 전 들를 수 있는 마지막 여관이라고 했다. 두 사람은 손님들이 공동으로 쓰는 큰 방으로 들어갔다. 두 사람의 등장에 미리 와 있던 사람들은 잠시 소란을 멈추는가 싶더니 이내 다시 나지막한 소리로 쑥덕거리기 시작했다. 짐짓 점

잖은 체하는 두 사람의 몸가짐 때문이었다.

    니르당 파샤는 젊은 조수가 자기 말에 별 신통한 반응을 보이지 않자 마음이 상해 서둘러 식사를 마쳤다. 한편 탈리즈는 너무도 피곤하여 파샤와 다시 논쟁을 벌이고 싶지 않았다. 탈리즈의 시선은 이미 그 옆에 있던 한 사내에게로 쏠려 있었다. 그 사내는 한쪽 손이 검고 잔뜩 뒤틀린 채 쪼그라들어 있었는데, 우유가 든 사발을 입술로 가져가면서 연신 파샤를 뚫어져라 바라보고 있었다.

    날이 밝을 무렵, 파샤와 탈리즈는 시끄러운 소리에 잠이 깼다. 그 소리는 만드라고르 지방의 최고 수령이 두 사람을 영접하라고 파견한 호위대의 말발굽 소리였다. 기이한 옷차림을 한 그들은 산山사람들처럼 보였고, 거칠고 투박한 손이 군인이라기보다는 산적의 모습에 가까워 보였다. 니르당 파샤는 최고 수령을 만나러 가는 내내 장전된 총을 손에 쥐고 잠시도 경계를 늦추지 않았다. 그는 마치 길에서 강도들을 만난 것처럼 잔뜩 긴장한 채 호위대의 뒤를 따랐다. 새로 작성한 지도에서 만드라고르의 통치 방식을 지나치도록 꼼꼼하게 기록했던 것이 아무래도 수령의 심기를 몹시 불편하게 한 모양이었다.

    닷새 동안의 고된 행군 끝에 그들은 만드라고르의 수도인 비틸

그는 마치 길에서 강도들을 만난 것처럼 잔뜩 긴장한 채 호위대의 뒤를 따랐다.

사에 도착했다. 니르당 파샤는 도착하자마자 최고 수령과 단독으로 비공개 면담을 가졌는데, 두 사람의 목소리는 점점 더 높아졌다. 니르당 파샤는 국토지리부 관리들이 겪어야 했던 모욕적인 일들에 대해 해명을 요구했고, 지연된 서찰과 미제출된 보고서, 의심스러운 질병, 그리고 관리 소홀로 인해 발생한 듯 보이는 잦은 사고들을 일일이 열거했다.

만드라고르 지방은 지도 제작에 많은 장애 요소들을 갖고 있었지만, 일단 제작만 된다면 지도에서 얻을 것이 많은 지역이었다. 새 도로들이 그려지면 만드라고르는 더 이상 고립되지 않아도 되었다. 파샤는 이런 모든 상황에 종지부를 찍기 위해 직접 만드라고르를 찾아온 것이었다. 그는 자신들보다 먼저 이곳에 온 다른 관리들로부터 아무런 소식도 들을 수 없어 더욱 화가 났던 것이다.

만드라고르 지방의 수령 역시 잔뜩 화가 나 있었다. 수령은 생각했다. 그런데 지금 자신 앞에서 분통을 터뜨리고 있는 이 작은 체구의 남자는 자신의 목을 자르라고 술탄에게 요구할 만한 권력을 갖고 있었고, 이미 마음속으로 그런 결정을 내리고 있었는지도 모른다. 그래도 그렇지, 자신이 지금 어디에 와 있는지 알고 있기나 한 것일까?

"니르당 파샤, 자네는 궁에서 더 자주 나와야겠네. 여기는 만드라고르 지방일세. 내가 통치하는 지방은 기왓장처럼 겹쳐진 수천 조각의 봉토들로 나눠져 있어. 그런데 그처럼 부스러기 같은 땅을 다스리는 영주들은 가난하지만 자부심은 대단한 사람들이야. 콩알만 한 땅이라도 그것이 조상의 땅이라는 사실을 알면, 그 즉시 달려들 기세를 보이는 성마른 사람들이지. 농부와 목동한테는 엄격하고, 이방인한테는 거칠기 그지없다네. 그들은 도로나 다리 같은 것은 원치도 않아. 왜냐하면 그 길들이 자신들의 재산을 더욱 빈약하게 만들 조세의 길이라고 생각하니까. 자네가 파견한 관리들은 나를 도와 일을 바로잡기는커녕 오히려 폭풍의 씨앗을 뿌렸어. 그들은 겨우 봉토의 경계선을 약간씩 옮겨놓았지만, 그것이 불씨가 돼 영주들 간의 피비린내 나는 분쟁이 다시 시작됐으니까. 내가 그 분쟁을 종식시키는 데 여러 해가 걸렸다네."

"얼마 안 되는 자갈밭 때문에 촌놈들이 주먹질하는 것까지 일일이 설명할 필요는 없소. 더 정확하고 신뢰할 수 있는 지도만 있다면, 땅 분배나 상속 문제들도 시원스레 해결될 수 있을 거요. 지도란 공명정대하게 시시비비를 가려주는 모든 통치 체제의 기본이니까."

수령은 한숨을 내쉬었다.

"니르당 파샤, 만약 사람들이 동의 없이 자네 집에 마구 들어와 탁자와 침대의 길이를 재고, 자네 속옷과 그릇의 개수를 센다면 어쩔 텐가?"

"우리는 모두 술탄의 집에 있는 거나 다름없소. 나는 오직 술탄이 그의 집을 지하 창고에서부터 다락방까지 샅샅이 알도록 돕기 위해 존재할 뿐이오. 당신과 마찬가지로 그의 뜻을 받들기 위해 여기 온 거고. 설마 그걸 잊어버린 건 아니겠지요?"

수령은 면담을 끝내려는 듯 손뼉을 쳐 사람을 불렀다. 그러자 하인이 다과를 가져왔다. 곧 두 사람은 조정의 예법대로 서로에게 정중하게 인사를 한 뒤 헤어졌다.

니르당 파샤는 만드라고르의 최고 수령과 두 번 더 면담을 가졌다. 마지막 면담 장소는 회의실이었다. 수령의 왼편에는 덩치가 큰 영주들이 줄지어 앉아 있었다. 검은 턱수염에 검은 옷을 입은 영주들은 분노에 찬 무언의 적개심을 표출하며 방 안에 어두운 그늘을 드리우고 있었다. 영주들의 맞은편에는 마치 닭처럼 장식한 고관들이 앉아 있었다. 그들 역시 당장이라도 불벼락을 내릴 것처럼 기고만장했다.

그런 상황에서 니르당 파샤가 자신의 견해를 확실하게 피력하지 못한 것은 너무도 당연한 일이었다. 파샤가 진보와 교역과 번

검은 턱수염에 검은 옷을 입은 영주들은 분노에 찬 무언의 적개심을 표출하며
방 안에 어두운 그늘을 드리우고 있었다.

영을 이야기하면, 그들은 전통과 유산과 성역을 이야기했다.

서로가 상대편을 설득하지 못한 채 자리를 떴다. 그러는 동안 탈리즈는 최근에 펼친 원정에 대한 정보들을 입수했다. 그 원정을 지휘한 관리는 열병에 걸린 채 빈민가의 한 여관에 머물고 있었다. 두 사람은 서둘러 여관을 찾아갔으나, 그들이 오기 바로 직전에 숨을 거뒀다는 사실만을 확인할 수 있었다. 죽은 사람은 너무 말라서 보기에도 끔찍할 정도였고, 고통을 가면처럼 덮어쓴 얼굴에는 깊은 주름이 파여 있었다. 홑이불 밖으로 삐죽이 나와 있는 왼쪽 손은 마치 맹금류의 발톱 같았다. 관리의 조수는 고인의 머리맡에 앉아 두서없이 빠른 말투로 중얼거리고 있었는데, 그 내용은 '두려움의 병', '죽음의 일주', '두 개의 심장을 가진 마법사', '저주받은 산에서 실종된 반역자 길 안내인들'에 관한 이야기들이었다. 니르당 파샤는 관리의 수첩을 챙겼고, 탈리즈는 책임지고 장례식을 치러주었다.

만드라고르의 수령은 두 사람에게 마지못해 말과 당나귀를 마련해주었다. 만드라고르어를 할 줄 아는 니르당 파샤는 수령이 제안한 길 안내인과 호위대를 단칼에 거절했다. 어디선가 칼을 맞는 한이 있더라도 바로 등 뒤에서 맞는 것보다는 훨씬 낫다고 생각했기 때문이었다.

비틸사를 떠난 파샤와 탈리즈는 계곡을 따라 이백 킬로미터 정도를 이동했다. 도중에 방목지를 향해 가는 양 떼를 만나기도 했고, 멀리 비취 나라로 가려고 당나귀를 타고 '그늘진 문'으로 향하는 무리들도 보았다. 도시에서만 자란 탈리즈는 자신의 머리 위에 광활하게 펼쳐진 하늘과 작은 종들이 딸랑이는 소리, 그리고 양들의 연약하고도 날카로운 울음소리로 시작되는 경쾌한 아침 풍경에 진심 어린 경의를 표했다.

니르당 파샤는 자주 한눈을 파는 탈리즈를 끊임없이 불러야만 했다. 지도학자인 파샤는 실은 아름다운 것들을 감상하면서 맛볼 수 있는 행복에 대해 전혀 모르는 사람이었다. 자신의 눈이 본 것을 뇌가 분석하고, 기억이 그 내용들을 기록할 뿐이었다. 그는 지나가면서 본 숲을 머릿속으로 나무로 된 건축물이나 대포의 매복 장소로 바꾸어놓았다. 짐승들과 사람들까지도 측량의 대상으로 삼았다. 사람들의 입을 벌려 치아 개수를 세어보겠다고 달려가지 않고 참고 있는 것은 단지 예의범절 때문이었다.

파샤는 정기적으로 선배 지도학자들이 쓴 기록들을 참조하면서 자신이 만들고 있는 지도와 대조해보았다. 그의 지도에 만드라고르산맥은 흰 얼룩처럼 드러나 있었는데, 그 이유는 계곡들이 산맥의 어느 방향으로 나 있는지를 정확히 알 수 없기 때문이었다. 하지만 그는 궁전의 방에서 본 오래된 지도들을 기억해냈다. 그 지도에는 반은 사람이고 반은 나무이면서, 가슴에 심장을 둘이나 가진 괴이한 사람들이 있는 환상적인 그림이 그려져 있었다.

파샤와 탈리즈는 감시탑 하나가 우뚝 서 있는 교차로에 다다랐다. 그곳에서부터 길은 세 갈래로 나뉘었는데, 첫 번째 오솔길은 지도상에 표시되어 있는 어느 외딴 집까지 이어졌고, 두 번째 오솔길은 고산지대를 따라 서쪽으로 나 있었으며, 마지막 오솔길은 고불고불 고개로 올라가는 길이었다. 그 마지막 오솔길이 바로 죽은 관리가 갔던 길이었다. 파샤와 탈리즈는 올라탄 말을 채찍질하며 세 번째 오솔길로 접어들었다.

고개를 오르자마자 서투르게 개간한 밭들로 가득한 경사면이 나타났다. 그 길은 다시 나무가 우거진 비탈길로 쭉 이어져 있었는데, 푸르스름한 비탈길 위에는 검은 바윗돌들이 아무렇게나 굴러다녔다. 온통 나무 천지인 그 길에는 괴상하게 생긴 감시탑들이 즐비하게 서 있었다. 그 감시탑들은 길들이 교차하는 곳마다 자리

잡고 있었고, 길을 따라가니 모르는 촌락들이 나왔다. 마을에 들어서자 개들이 컹컹 짖어대며 그들을 맞이했다. 그 개들은 쇠로 된 뾰족한 개 목걸이를 차고 있었고, 곰 사냥을 위해 훈련을 받아서인지 너무도 사납게 으르렁대 회초리로 밀쳐내거나 총으로 쏴서 죽여야만 했다.

계곡들은 울퉁불퉁 뒤엉켜 있어 물의 흐름을 방해했다. 니르당 파샤는 기준점을 잃어버린 채, 구겨진 지도의 주름 속을 걷는 느낌이 들었다. 엎친 데 덮친 격으로 차고 세찬 비까지 내려 한 치 앞도 분간할 수 없게 되자, 그들은 결국 길을 잃고 말았다. 이 저주받은 지방에 사는 많은 사람들은 파샤와 탈리즈에게는 눈길조차 주지 않았다. 그들은 꼭 유령 같았다. 누더기를 걸친 채 몸을 흐느적거렸고, 길을 돌다 우연히 마주치기라도 하면 불안하게 고정된 시선으로 파샤와 탈리즈를 빤히 바라만 볼 뿐이었다. 한 늙은 이만이 유일하게 겨우 알아들을 수 있는 방언으로 그들에게 말을 걸어왔다. 노인은 "흉작 영주의 땅에 오신 것을 환영합니다."라고 말한 뒤, 썩고 부러진 이를 드러내며 미소 지었다.

며칠 후 니르당 파샤는 명백한 사실을 인정해야만 했다. 길을 잃은 것이 틀림없었다. 파샤는 길을 물어야 한다는 사실이 너무도 끔찍했다. 하지만 탈리즈는 말을 타고 가서 연기 나는 오두막 근처에 서 있는 한 사내에게 길을 물어보기로 했다. 오두막 색깔만큼이나 피부가 까만 사내는 알고 보니 밀렵꾼이었다. 탈리즈는 그를 곧 알아보았다. 여인숙에서 만났던, 손이 뒤틀린 바로 그 남자였다. 그 사람은 자신이 이 지역을 잘 알고 있으니, 두 이방인이 그리 바쁘지 않다면 자기가 잡은 산토끼를 나눠 먹자고 했다. 그는 두 사람의 질문에 기꺼이 답해주었다. 지나치게 수다스럽긴 했지만, 정확한 정보를 주었기 때문에 니르당 파샤는 그에게 안내인이 되어달라고 제안했다. 그는 사냥꾼이라는 장점을 내세워 수고비를 흥정했다. 파샤는 더는 식량 걱정을 할 필요가 없었다.

남자는 지칠 줄 모르고 걷는 사람이었다. 맨 앞에 선 그는 작은 골짜기에서 계곡으로 이어지는 미로 같은 오솔길들을 따라 노새를 실수 없이 정확하게 인도했다. 살이 그대로 드러난 그의 발은 정맥과 힘줄이 무시무시할 정도로 심하게 튀어나와 있었고, 뼈마디가 훤히 드러난 두 다리는 마치 살아 움직이는 나무뿌리 같았다. 그는 어둠이 내려야만 비로소 가던 길을 멈췄고, 감시탑 앞에서만 잠깐 쉬면서 짧은 기도를 올리고 제물을 바쳤다. 그 불길한 감시탑이 지방 곳곳에 있었기 때문에, 감시탑이 나타날 때마다 의식을 올리는 것은 적잖이 시간을 잡아먹었다. 그러한 의식 때문에 시간이 지체되는 것을 니르당 파샤가 거슬려 하자, 사냥꾼은 파샤를 바라보며 이렇게 물었다.

"니르당 파샤, 당신은 이 감시탑들이 어떻게 축조되었는지 아십니까?"

"그 오래된 전설에 대해서는 알고 있으니, 계속 걷기나 하시오."

하지만 남자는 말을 멈추려 하지 않았다.

"우리 조상들의 시대에는 전투에서 특별하게 용맹을 떨친 병사에게는 감시탑 하나를 주어 기반으로 삼을 수 있는 영예를 주었습니다. 그 병사가 죽으면 그의 몸을 세운 채로 매장했는데, 그러면 발은 땅에 박히고 몸은 나무와 돌들로 뒤덮였지요. 그의 두개골 꼭대기와 탑 머리의 구멍 뚫린 원뿔 사이로 둥근 관을 지나가게 했습니다. 적들이 침입을 해오면 이 구멍으로 초록색 불빛이 어른거리는데, 이 춤추는 초록색 불빛을 보고 적군은 두려움에 떨게 되지요."

그러자 니르당 파샤는 탈리즈를 돌아보며 외쳤다.

"그건 묘지 위에서 볼 수 있는 도깨비불과 같은 거라네. 전설이 어떤 식으로 생겨나는지 알겠지? 내가 이 지방에 대한 조사를 다 마치면, 야만 시대의 그 서글픈 유물들을 모두 무너뜨리고 말 것이네."

"웅갈릴의 개들조차도 더 이상 그늘진 문을 넘으려 하지 않는

니르당 파샤, 당신은 이 감시탑들이 어떻게 축조되었는지 아십니까?

다더군요."

사내가 말하자 파샤가 맞장구를 쳤다.

"웅갈릴족은 특히 술탄의 군대와 거리를 두려고 했었소. 그들은 머지않아 여행객들을 대상으로 몸값을 요구하는 것보다 우리와 교역하는 편이 훨씬 이익이라는 것을 알게 될 거요."

"하지만 니르당 파샤, 감시탑이 늘 지키고 있습니다. 어떤 이방인도 신성한 만드라고르산들을 밟아보지 못했다는 건 익히 들어 알고 있겠지요? 당신 역시 그 빈약한 지도를 가지고 측량사들을 떼로 몰고 온다 해도 접근조차 못할 겁니다. 정말로 그 종잇조각이 당신한테 이 지방에 대한 권리를 준다고 믿는 겁니까?"

"나에게는 아니지만, 술탄에게는 줄 것이오."

"그렇다면 당신의 말과 지도를 믿는 술탄이 잘못된 거로군요. 왜냐고요? 지도를 거꾸로 보고 있으니까요. 당신은 위에서 내려다볼 줄만 알았지, 그 아래에서 어떤 일이 벌어지는지는 전혀 모르고 있는 것 같더군요."

"두더지 굴에서 지도를 만드는 건 아니지 않소? 한 공간의 전체를 통틀어 보려면, 하늘을 나는 독수리의 눈높이에 나의 눈을 두어야 하오. 독수리는 멀리서 보지만, 두더지는 장님이지. 자네는 두더지가 독수리보다 그 지역을 더 잘 안다고 말할 셈이오?"

"우리는 서로를 이해하지 못하고 있습니다. 당신 지도의 이면을 보십시오. 그것은 그저 깨끗하고, 쓰지 않은 흰 종이일 뿐입니다. 당신을 그토록 겁나게 하며 장님처럼 만드는 점으로 표시된 산들처럼 말입니다. 나는 그 하얀 종이 속에서 길을 찾아갈 수 있습니다. 내 두 발은 땅의 이면을 알고 있으니까요. 혹시 지진을 경험한 적이 있습니까?"

"있었소. 겨울이었는데, 아주 끔찍했소."

"그렇다면 동물들이 당신보다 먼저 땅속에서 으르렁대는 땅의 분노를 감지했다는 것을 아십니까? 동물들은 불행이 닥치기 전에 이미 전율하고 있었지요. 마찬가지로 우리 감시탑들이 당신 발밑을 보고 있을 때, 당신은 그것들이 하늘을 향해 솟아 있다고 생각할 겁니다. 나는 당신을 산 위로 데려가려 합니다, 니르당 파샤. 그럼 당신은 아무것도 보지 못한 채 기록들을 작성할 테지요. 이 지방에는 단 하나의 출입문만이 있고, 그 열쇠는 바로 내가 가지고 있으니까. 나를 안내자로 삼았더라면 당신이 보낸 측량사들과 기록관들은 결코 죽지 않았을 겁니다. 산은 자기 자신을 스스로 방어할 줄 알지요. 나는 산사태를 미리 알 수 있고, 태풍이나 홍수도 예측할 수 있어요. 그리고 지금 당신에게 말하고 있는 이 순간에도 한 의사가 웅갈릴족의 나라에서 약초를 캐고, 세 명의 병사가 그를 향해 다가가고 있다는 것을 느낄 수 있습니다. 또한 수령의 첩자들이 당신을 찾기 위해 계곡을 뒤지고 있으며, 땅에 묻힌 군대가 여기에서 사천 킬로미터 이상 떨어진 곳에 잠들어 있다는 것도 알고 있습니다."

그들은 계속해서 길을 갔고, 이상하게 생긴 바위들 사이를 지났다. 안내인은 두 사람에게 그 바위를 쳐다보지 말라고 당부했다. 하지만 보지 말라고 하면 더 보고 싶은 게 사람 마음인지라, 탈리즈는 자기도 모르게 그만 바위를 쳐다보고 말았다.

보이지 않는 손 하나가 즉시 그를 말에서 떨어뜨렸다. 탈리즈는 소리를 질렀고, 파샤와 안내인이 탈리즈에게 달려갔다. 심하게 발목을 삔 탈리즈는 고통으로 몸을 뒤틀었다. 안내인은 어디론가 사라지더니 잠시 후 약초를 들고 다시 나타났다. 그는 탈리즈의 부상 정도를 살핀 뒤, 발에 붕대를 감아주었다. 그러고 나서 야영할 만한 장소를 택해 자리를 잡았다.

그날 밤, 니르당 파샤는 잠을 설쳤고, 큼직한 흰 달이 산 위로 떠올라 그를 내려다보는 꿈을 꾸었다. 그것은 술탄의 눈이었다. 군주는 제국의 지도 속에서 잠들어 있었고, 코 고는 소리는 온 도시를 들썩이게 했다. 그 소리는 다시 각각의 도시들을 뭉개고 마을과 숲과 탑들이 있는 곳까지 치달려 올라왔다. 니르당 파샤는 술탄의 어깨에서 끝없는 나락으로 굴러떨어졌고, 땀에 흠뻑 젖어 잠에서 깼다. 모든 것이 고요했다. 탈리즈는 잠들어 있었고, 밖에 있는 안내인은 미동조차 없이 왼손에 뿌리처럼 생긴 것을 꽉 쥐고는 기도문을 낭송하고 있었다.

산은 경험으로 가득하다. 생각에 잠겨 침묵하며 아래를 굽어본다. 별들은 산 정상을 장식하고, 아라비아의 금화처럼 산 둘레를 돈다…….

아침이 되자 파샤는 분노와 절망 사이를 오간 것처럼 침울해하며 일어났다. 목적지에 거의 다다랐으나, 포기해야만 했기 때문이다. 탈리즈가 다쳤기에, 그들은 겨울이 오기 전에 일을 마칠 충분한 시간적 여유가 없었다. 파샤는 안내자에게 다가가 자신을 도와준 데 대해 감사의 뜻을 전했고, 덕분에 봄에 여럿이 다시 와 지도 제작을 위한 답사 여행에 종지부를 찍을 수 있을 것 같다는 말도 덧붙였다.

"니르당 파샤, 당신은 돌아갈 수 없습니다. 산은 살아 있지요. 그 산이 눈사태를 내려 당신이 가는 길을 가로막을 겁니다. 게다가 감시탑들도 당신을 본 이상, 당신이 살아 돌아가도록 내버려

둘지 의문입니다."

안내인은 자신이 뒤틀린 손으로 잡고 있던 뿌리를 보여주었다. 그 뿌리는 사람의 형상을 하고 있었고, 형언할 수 없는 생명력으로 마치 살아 있는 것처럼 보였다.

"나와 함께 이곳에 머무르는 게 낫겠어요. 당신께 땅의 진정한 신비를 가르쳐드리리다. 만약 당신이 배운 과학을 내가 알고 있는 것들과 접목시킨다면, 당신은 역사상 가장 위대한 지리학자가 될 것입니다. 땅 밑에서 벌어지는 일을 하나도 놓치지 않고 모두 알게 될 것이고, 수도의 왕궁보다 더 멀리 펼쳐져 있는 수천 개의 뿌리들도 보게 될 테니까 말입니다."

"나는 자네의 마술과 내 과학을 교환할 생각이 없네. 자네 같은 부류와는 아무런 볼일도 없단 말일세!"

"또 한 가지 해줄 말이 있습니다, 니르당 파샤. 감시탑들은 결코 틀린 적이 없어요. 당신은 만드라고르 조상의 후손입니다. 그들의 피가 당신 속에 흐르고 있지요."

두려움과 고통이 섞인 탄식이 천막 밖으로 새어 나갔다.

"당신은 다친 조수가 측은하지도 않습니까? 그의 고통이 느껴지지 않나요? 내가 그를 살려내어, 다시 떠날 수 있게 해드리죠. 그가 지도를 갖고 돌아갈 수 있도록이요. 니르당 파샤, 하지만 당신은 여기 머무르십시오. 당신에겐 더 이상 지도가 필요하지 않습니다. 내가 당신에게 산의 비밀을 가르쳐드리리다. 그러면 당신은 동물과도 말을 하고, 돌에게 명령을 내리고 식물과도 대화를 나눌 수 있을 거예요. 더 이상 배고픔도 졸음도 느끼지 않을 거고, 보통 사람들은 전혀 알 수 없는 경이로움으로 술탄의 하찮은 권력을 비웃게 될 것입니다."

니르당 파샤는 뜻을 굽혔다. 그들은 반쯤 정신을 잃은 탈리즈를 말안장에 앉히고, 끈으로 동여맸다. 사내는 야생 염소 기름으로 말발굽을 문지르고 말의 목에 죽은 올빼미를 걸었다. 그런 다음 말의 귀에 대고, 목구멍 속에서부터 울려 나오는 소리로 뭔가를 속삭였다. 그러자 말은 종종걸음으로 길을 따라 되돌아갔다.

"걱정 마십시오. 저 말은 야생 염소의 튼튼한 발을 가졌습니다. 그리고 올빼미의 눈이 밤에도 길을 안내할 거고요. 지름길을 일러주었으니 내일이면 비틸사에 도착할 수 있을 겁니다. 자, 이제 나를 따라오시지요. 참, 신발을 벗으세요. 산은 인간의 맨발을 좋아하니까요. 이제 거의 다 왔습니다."

그들은 산등성이 위로 한참 동안 걸어가, 빛나는 달빛 아래 반짝이는 만드라고라[사람의 형상을 닮은 가지과의 약용식물로 마법의 힘이 있다고 알려짐]로 뒤덮인 골짜기에 다다랐다.

"다 왔어요, 니르당 파샤. 이제부턴 두려움을 떨쳐버리고 내게 당신을 완전히 내맡기세요. 왼손으로 그 만드라고라 식물을 꽉 쥐고, 머리카락을 잡아당기듯 당신 쪽으로 당겨보시죠. 그리고 달을 향해 세 번 침을 뱉으면서 이렇게 외치십시오."

안내인이자 마법사는 결코 표현할 수 없을 것 같은 말들을 쏟아냈다.

니르당 파샤는 그가 일러준 대로 따라했다. 세 번째로 침을 뱉었을 때, 그는 상처 입은 짐승처럼 고함을 질렀다. 그의 손은 만드라고라 주위로 오그라들었는데 마치 불에 타들어가는 것 같았다. 금방이라도 부러질 것처럼 자신의 몸을 활처럼 휘게 만들어 난폭하게 잡아당기는 통에 그는 온몸을 부르르 떨었다. 고통은 그의 몸 구석구석까지 퍼져갔다. 몸은 땀으로 흥건했고, 눈엔 눈물이 가득했다. 하지만 가장 심한 고통은 식물이 엄청난 힘으로 그를 땅 쪽으로 끌어당기는 것이었다. 그 힘은 그를 파묻어 산으로 하여금 삼켜버리게 하려는 듯했다. 니르당 파샤의 팔은 이미 어깨까지 땅속으로 들어가버린 상태였다. 그가 피와 흙이 뒤엉킨 덩어리를 뱉어내자 마법사는 그의 치아 사이로 아니스와 박하 맛이 나는 나뭇잎들을 넣어주었다. 그러고는 곁에 앉아서 단조로운 억양으로 긴 주문을 읊었다.

니르당 파샤의 정맥 속으로, 느리고 무거운 검은 피가 길을 찾으며 흐르고 있었고,
이 암흑의 수액을 순환하게 할 두 번째 심장이 그에게로 들어왔다.

마침내 만드라고라가 당기기를 멈췄고, 그 바람에 니르당 파샤는 뒤로 나자빠졌다. 마치 암흑에서 뽑아낸 뿌리를 휘두르듯 만드라고라는 여명이 밝아오는 가운데 끔찍한 비명을 내질렀다. 니르당 파샤는 현기증을 느꼈고, 삼 일 밤낮으로 계속해서 착란 증세를 보였다. 마법사는 쓰디쓴 탕약을 규칙적으로 먹여주고, 이마의 땀을 닦아주었으며, 식물이 마침내 죽어서 니르당 파샤가 손에 쥐고 있던 검게 변한 뿌리에서 떨어져나갈 때까지 계속 주문을 외웠다. 니르당 파샤의 정맥 속으로, 느리고 무거운 검은 피가 길을 찾으며 흐르고 있었고, 이 암흑의 수액을 순환하게 할 두 번째 심장이 그에게로 들어왔다. 마법사는 낭송을 계속하면서 몸을 숙여 파샤의 무거워진 눈꺼풀을 올려주었다.

마침내 파샤는 깨어났고, 다시 일어설 수 있었다. 식물로 변한 다리가 근질거렸고, 다리에서 빠져나온 수천 개의 곁뿌리들이 그를 길게 잡아당겨 전속력으로 땅 밑으로 빨려 들어가는 고통을 느꼈다. 그는 국경을 넘어 제국의 수도로 돌아가고 있는 탈리즈의 마차가 요동치는 것을 느낄 수 있었다.

"니르당 파샤, 내 말이 들립니까?"

마법사가 어깨를 잡자 그는 고개를 약간 끄덕였다.

"니르당 파샤, 이제 당신은 만드라고르의 두 개의 심장을 가진

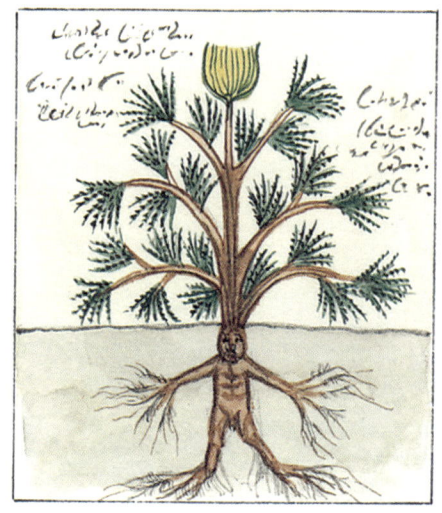

진정한 마법사가 되었습니다. 나는 당신이 우리 나라로 들어왔을 때, 감시탑 근처에서 땅을 두드리는 소리를 들었죠. 내가 당신을 선택했어요. 당신이 이 만드라고라를 붙잡자마자 그것은 자신의 뿌리를 쓸 수 있게 허락할 겁니다. 그럼 당신의 새로운 피는 땅의 모든 뿌리들을 가로질러 흐르겠지요. 당신의 피는 감시탑의 발치까지, 아니 더 멀리까지 나아갈 겁니다. 당신은 더 이상 잠을 자지 않을 것이며, 의심도, 두려움도 느끼지 않을 거예요. 당신은 '인간인 동시에 땅이기도, 식물이기도, 짐승이기도 한 자'가 될 것입니다. 이제 당신은 나처럼 만드라고르산의 감시인이 된 겁니다. 결코 산을 떠나려 하지 말고, 산이 당신에게 준 선물인 뿌리를 떼어내려고도 하지 마세요. 그러면 당신은 죽게 될 거요. 산이 당신에게 종속되기를 바라겠지만, 그와 반대라오. 당신이 산에 속해 있음을 명심하시오."

만드라고르 지방의 수도, 비틸사

만드라고르의 귀족

만드라고르의 전설에 따르면, 탑에 묻힌 병사들은 그들의 '뿌리'를 통해 의사소통을 한다.
그렇게 탑들은 나라가 위험에 처하면 초록색 빛을 내뿜는다.

만드라고르의 기병들

감시탑

118 ── 비취 나라에서 키눅타섬까지

만드라고르의 감옥
돛의 끝에 매달리듯 세워진 새장 모양으로, 발치에는 개가 한 마리씩 묶여 있다. 이 새장 감옥은 지방의 도로들을 구획짓는 구실을 한다.

두 개의 심장을 가진
만드라고르의 마법사

만드라고르의 마법사들은 잠을 자지 않고, 감시탑과 교신하는 능력을 갖고 있다. 또한 그들은 산악지대를 휩쓰는 '두려움'이라는 병의 치료법을 아는 유일한 자들이다.

지도 제작을 위한 원정

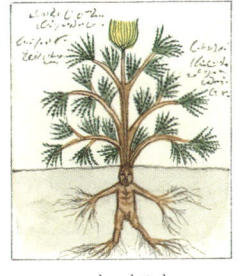

만드라고라

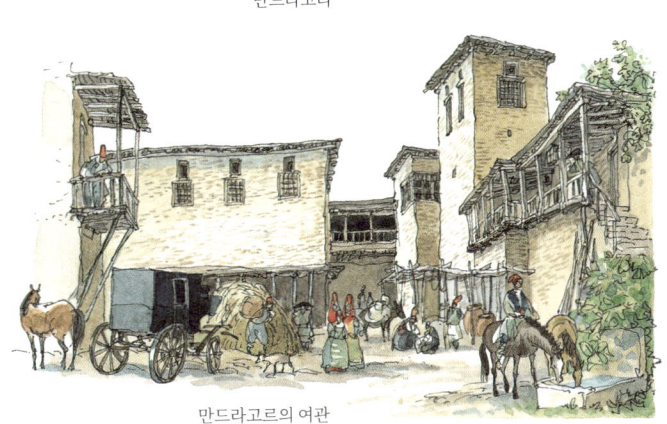

니르당 파샤

만드라고르의 여관

· **M** · 만드라고르산맥 —— 119

Les deux royaumes de Nilandâr

아름다운 궁전이 있는 비옥한 땅과 목장의 나라 닐랑다르는 매우 귀한 보배와 같은 왕국이었다. 왕국을 가로지르는 긴 강은 궁전의 하얀 대리석 지붕을 비추며 유유히 흘러간다. 왕국의 두 왕자는 닐랑다르강을 경계로 남쪽과 북쪽 지방을 다스리게 된다. 왕국은 둘 중 누구를 후계자로 정하느냐에 따라 뒤바뀔 운명을 앞두고 있다.

나장과 젤리단느 · 날리바르와 알리자드 · 왕족의 결혼식
말렝디 왕국의 기린들 · 닐랑다르강 위의 섬 · 낭자뎅의 탄생
두 왕국의 전쟁 · 낭자뎅의 유배 · 날리바르의 끔찍한 최후

·N·
닐랑다르의 두 왕국

　닐랑다르 왕국의 늙은 왕은 두 아들인 날리바르와 나장을 한날 한시에 결혼시켰다. 날리바르와 나장의 씩씩한 기상과 아름다운 얼굴은 찬란하게 빛나는 태양처럼 눈부셨고, 늙은 왕은 그런 두 아들을 매우 자랑스럽게 생각했다.

　두 사람은 아주 어린 시절부터 말렝디 왕국의 두 딸인 알리자드, 젤리단느 공주와 각각 결혼을 약속한 사이였다. 우아한 기품과 매력이 넘치는 두 공주 앞에선 한낮의 눈부신 광채도 빛을 잃은 듯했다.

　닐랑다르 왕국은 땅이 기름진 부유한 나라였다. 사방으로 논과 목장 들이 펼쳐져 있고, 그 사이로 잘 닦인 길들이 시원스레 뻗어 있었다. 백성들의 노랫소리는 축복받은 땅 곳곳에 울려 퍼졌고, 물소들은 바나나 나무의 시원한 그늘 아래에서 한가로이 풀을 뜯으며 졸린 눈을 꿈뻑거렸다.

두 왕자의 결혼식은 섬 위에 있는 왕궁의 정원에서 거행되었다. 그것은 늙은 왕이 기억하는 한 가장 아름다운 결혼식이었다. 닐랑다르 왕국을 가로지르는 긴 강에는 커다란 섬이 하나 있었는데, 궁전은 바로 그 섬의 한가운데에 우뚝 솟아 있었다. 그리고 섬의 양쪽에는 하얀 대리석으로 만든 두 개의 다리가 놓여 있어, 사람들은 섬과 육지를 자유로이 오가곤 했다.

맨 앞에서 결혼식 행렬을 이끌고 있는 무리는 악사와 무희였다. 발목에 종을 매단 무희들이 빙글빙글 돌거나 박자에 맞춰 땅을 구를 때마다 종이 경쾌하게 딸랑거리며 흥을 돋우었다. 그 뒤로 한껏 멋을 낸 여섯 마리의 코끼리들이 줄지어 따라가고 있었다. 수많은 깃발과 양산에 둘러싸인 코끼리들은 점잖고 우아한 걸음걸이로 악기 소리에 맞춰 색색으로 장식된 기다란 코를 흔들어대며 걸었다. 땅에서 사 미터쯤 위에 있는 코끼리들의 등에는 번쩍거리는 가마가 실려 있었는데, 그 모습이 마치 산등성이에 세워진 황금색 정자처럼 보였다.

여섯 마리 중 맨 앞에 서 있는 코끼리는 닐랑다르 왕국에서 최고로 치는 귀한 녀석이었다. 주름 잡힌 넓은 이마를 한 녀석은 등에 태운 사람들이 매우 고귀한 분들, 즉 닐랑다르와 말렝디의 최

고 권위자인 두 왕이라는 걸 잘 알고 있다는 듯 한껏 위엄을 뽐내며 천천히 걸음을 떼어놓았고, 결혼식의 주인공인 두 쌍의 왕자

와 공주는 보석으로 화려하게 치장한 가마를 타고 그 뒤를 따르고 있었다.

다음으로 국왕의 신하들과 화려한 예복에 곤봉을 든 장수들이 백호의 가죽을 두른 군마를 타고 따라왔다. 그들이 호위하고 있는 네 마리의 동물을 보고 감탄하지 않는 사람은 없었다. 그 동물은 나뭇가지처럼 길고 부드러운 목 위로 영리함으로 가득 찬 삼각형의 머리를, 얼굴에는 따뜻해 보이는 커다란 두 눈을 가지고 있었다. 또한 그 동물의 여유 있고 규칙적인 발걸음은 마치 바다의 푸른 물살을 가르는 배처럼 축하 행렬을 이끌었다. 이 녀석들은 바로 기린으로, 말렝디의 왕이 그의 오랜 친구이자 사돈인 닐랑다르의 왕에게 준 선물이었다. 이곳 사람들에게 기린은 행운과 평화를 가져다주는 동물로 알려져 있었다.

팔백 마리가 넘는 코끼리에 올라탄 호위병들, 신하들에게 둘러싸인 왕자들과 벼슬아치들의 거대한 행렬이 종려나무 숲 사이로 꼬리에 꼬리를 물고 이어졌다.

결혼 축하연은 사십 일 동안 계속되었다. 연회 장소인 정원에는 햇빛을 가리기 위한 비단 차양이 드리워져 있었고, 꽃과 동물 문양이 수놓인 고운 양탄자가 깔려 있었다. 요리사들은 장미와 히비스커스hibiscus[허브의 일종으로 하와이를 비롯해 남태평양 여러 섬에서 피는 꽃]로 뒤덮인 백여 개의 삼나무 정자로 가져갈 요리를 만드느라 눈코 뜰 새 없이 바빴다. 축하연에 참석한 사람들은 네 종류의 포도주를 수정과 흑단, 산호와 붉은 옥으로 만든 잔에 따라 마셨다.

어느덧 저녁 바람이 불어와 나뭇가지를 부드럽게 흔들자, 사람들은 정원 곳곳에 자작나무로 만든 횃불을 세워놓고는 날이 샐 때까지 흥겹게 춤을 추었다. 그 사이 날리바르와 나장은 부드러운 밤의 장막을 슬그머니 빠져나와 젊은 신부의 향기로운 품속으로 달려갔다…….

결혼식은 끝이 났고, 왕국은 평온한 일상으로 되돌아왔다. 결혼식 덕분에 오랜 휴식을 가졌던 말렝디의 왕도 곧 머나먼 자신의 나라로 되돌아갔다.

닐랑다르의 왕은 맏아들인 날리바르에게는 북쪽 지방을, 둘째인 나장에게는 남쪽 지방을 다스리도록 했다. 그는 자신의 궁전에서 양방향으로 같은 거리만큼 떨어져 있는 두 개의 큰 궁전에 각각 두 아들의 거처를 마련해주었다. 통치자는 둘이었지만 왕국은 더없이 평화로웠으며, 닐랑다르강을 사이에 둔 북쪽 지방과 남쪽 지방의 활발한 교역이 오히려 왕국의 경제를 더욱 튼튼하게 해주었다.

늙은 왕이 두 아들에게 당부한 것은 딱 한 가지였다. 매년 결혼 기념일 날, 온 식구가 한자리에 모여 즐거운 한때를 보내자는 것이었다. 두 아들은 아버지가 살아계시는 한 그 약속을 지키기로 굳게 맹세했다.

일 년 뒤, 늙은 왕은 궁궐의 입구까지 몸소 나와 두 아들을 기다렸다. 날리바르와 알리자드는 북쪽 다리를, 나장과 젤리단느는 남쪽 다리를 건너오고 있었다. 정원에서 거행된 연회는 결혼식만큼 화려하지는 않았지만, 재회의 기쁨이 더해져 시종일관 따뜻하고 즐거운 분위기였다. 잘 익은 과일처럼 불룩해진 배를 한 젤리단느는 사람들의 시선을 한몸에 받았다. 늙은 왕의 눈에도 기쁨의 불꽃이 일렁였다. 그는 애정이 듬뿍 담긴 눈으로 작은 아들과 며느리를 바라보았다. 식사가 끝나자, 늙은 왕은 몸을 일으켜 꿀과자가 담긴 쟁반을 작은며느리에게 내밀었다. 젤리단느의 두 뺨이 부끄러움으로 발그레하게 물들었다. 그녀는 여전히 가는 허리에 꼭 맞는 비단 사리로 몸을 감싸고 있는 언니가 자꾸만 신경이 쓰였다. 하지만 그것은 괜한 걱정이었다. 왜냐하면 언니 알리자드는 질투를 모르는 고상한 마음씨를 가진 여자였기 때문이다.

이튿날 아기가 태어났고, 궁전은 마치 벌 떼가 들끓는 벌집처럼 웅성거리기 시작했다. 기쁨에 찬 늙은 왕은 어찌할 바를 모른 채 허둥댔다. 그는 우레와 같은 목청으로 앞뒤가 맞지 않는 명령을 내려 아랫사람들의 정신을 빼놓았고, 하인들은 늙은 왕의 변덕스러운 명령에 따르느라 하루에도 몇 번씩 대리석으로 된 복도를 바쁘게 뛰어다녔다. 늙은 왕의 허둥거림은 오전 내내 계속됐다. 지친 그는 점심 식사 후 오후가 되어서야 아기처럼 단잠에 빠져들었다.

마침내 꼬마 왕자 낭자뎅이 사람들 앞에 모습을 드러냈다. 신神들은 엄마, 아빠의 좋은 점을 모두 닮으라며 축복을 내려주었고 손님들은 아기의 건강과 장수를 빌어주었다. 각기 다른 네 가지 종류의 젖이 흰 대리석 잔에 담겨 왕자에게 바쳐졌다. 알리자드는 축하 선물로 조카의 목에 사슬 모양의 황금 목걸이를 걸어주었다. 참으로 행복한 시간이었다. 새벽에 두 공주는 강둑으로 내려와 나지막한 목소리로 비밀 이야기를 주고받았다. 멀리 물속에 있는 코끼리들이 콧김을 내뿜었고, 조련사들은 그 곁에서 꾸벅꾸벅 졸고 있었다. 나장과 날리바르는 오랫동안 궁궐을 산책했고, 미래의

꿈과 희망을 이야기하며 두 손을 굳게 맞잡았다. 한편, 늙은 왕의 얼굴에는 잃어버린 젊음을 되찾은 듯 생기가 돌았다. 사냥 계획을 세우고, 아무것도 아닌 일에도 웃음을 터뜨렸으며, 쉴 새 없이 노랫가락을 흥얼거리는 것도 모자라 밤낮으로 무희들을 불러 흥겨운 춤판을 벌이곤 했다.

일 년이 지났다. 하루하루가 진주 목걸이의 진주알처럼 맑고 투명하게 흘렀다. 낭자뎅은 모든 사람의 사랑을 한몸에 받았다. 드디어 낭자뎅의 첫 번째 생일날, 식구들은 다시 둥그렇게 모여 앉았다. 하지만 알리자드의 눈에는 가끔씩 슬픔의 그림자가 드리워졌다. 그녀가 자신의 납작한 배에 손을 올려놓는 것을 본 젤리단느는 온화한 미소로 언니의 기운을 북돋워주었다. 두 자매는 고개를 떨군 두 송이의 꽃처럼 똑같이 몸을 숙여 요람 위에 누워 있는 낭자뎅을 다정하게 바라보았다.

어느덧 낭자뎅은 두 살이 되었다. 해가 갈수록 늙은 왕의 손자 사랑은 점점 더 깊어만 갔다. 낭자뎅이 버릇없이 할아버지의 턱수염을 잡아당기며 놀아도 늙은 왕은 그저 허허 웃기만 했다. 둘은 너무나 잘 어울렸고, 항상 단짝처럼 붙어 다녔다. 기린이라면 자다가도 벌떡 일어날 만큼 좋아하는 손자를 위해 할아버지는 자주 기린 공원을 찾곤 했다. 외할아버지인 말렝디의 왕이 길고 부드러운 털을

기린이라면 자다가도 벌떡 일어날 만큼 좋아하는 손자를 위해 할아버지는 자주 기린 공원을 찾곤 했다.

가진 야생 기린 한 쌍과 그 새끼를 선물로 가져오자, 낭자뎅은 너무 기뻐 어쩔 줄을 몰라했다. 외할아버지는 기린의 등 위에 안장을 얹어주었고, 그렇게 낭자뎅은 첫 번째 탈것을 가지게 되었다.

한편, 나장은 한 가지 걱정거리가 생겼다. 질투라는 악마와 혼신의 힘을 다해 싸우는 형의 수심이 점점 더 깊어가고 있는 것을 알아챘기 때문이다. 아이가 웃음을 터뜨릴 때마다 날카로운 유리 조각이 심장을 찌르는 것 같다면, 과연 누가 그것을 참을 수 있단 말인가?

날리바르는 매년 낭자뎅의 생일 때마다 형벌을 받으러 가는 것처럼 고통스러웠다. 날리바르는 알리자드를 쫓아내지는 않았지만 다른 여자들을 아내로 맞아들임으로써 그녀를 욕보였다. 하지만 끝내 아이는 생기지 않았다. 닐랑다르 왕국은 서서히 흔들리기 시작했다. 한쪽이 왕위를 계승하면 다른 한쪽은 권좌에서 물러나도록 정해져 있었기 때문이다. 낭자뎅의 열 번째 생일날, 날리바르는 아버지의 궁전을 찾지 않았다. 그는 코흘리개 낭자뎅 때문에 가족 모임의 성격이 이상하게 바뀌었노라고, 두 형제의 결혼기념일이 어린 조카의 생일잔칫날로 변질되었노라며 분통을 터뜨렸다. 날리바르는 일이 이렇게 된 이상, 아버지와의 맹세를 지킬 필요가 없다고 생각했다.

늙은 왕이 운명하였다.

늙은 왕이 세상을 떠나자 왕국은 온통 슬픔에 잠겼다. 강물에 흩뿌려진 왕의 잿가루는 우유가 지천으로 흐르던 풍요의 날들을 앗아가 버렸고, 그 누구도 끝을 알 수 없는 슬픔의 시간이 찾아왔다. 날리바르의 영혼은 점점 더 새카만 암흑 속으로 빠져들었다. 그는 충성스러운 자문관들과 장관들을 멀리하는 대신, 마법사와 성직자, 독살스러운 점성가들을 곁에 두었다. 그들은 음흉한 계략을 세우느라 해쓱해진 얼굴로 날리바르 앞에서 거짓 연극을 일삼았다.

알리자드는 그들이 가시 돋친 증오의 말로 날리바르의 심정을 어지럽히고, 왕의 총애를 받기 위해 서로 물고 뜯고 할퀴는 것을 쓸쓸히 지켜보아야만 했다. 간사하고 교활한 무리들이 활개를 치면 칠수록 북쪽 지방은 점점 더 황폐해져갔다. 매일 밤 무희들의 춤사위가 떠들썩하게 이어졌지만, 왕국은 마치 스스로 친 덫에 걸린 꼴이었다.

낭자뎅이 할아버지를 잃은 슬픔에서 벗어나지 못하자 젤리단느는 아들의 마음을 어루만져 주기 위해 자주 늙은 왕의 궁전을 찾았다. 그곳은 낭자뎅이 할아버지와 기린을 타고 놀던 행복한 추억이 고스란히 묻어 있는 곳이었다. 한편 나장은 형 날리바르가 본래의 모습을 되찾을 수 있도록 온갖 노력을 다 기울였다. 하지만 그가 보낸 심부름꾼들은 문 앞에서 쫓겨났고, 대사들은 치욕스러운 대접을 받고 돌아왔다. 낭자뎅의 열한 번째 생일날, 질투에 사로잡힌 형이 뱀이 가득 든 항아리를 보내왔을 때에야 나장은 북쪽 지방과의 모든 교역을 중단했다.

걱정거리는 그뿐이 아니었다. 남쪽 국경 지대에 나타난 산적 떼가 마을을 쑥대밭으로 만들었다. 나장은 밤잠을 이루지 못했다. 산적들은 사람들을 두려움에 떨게 한 뒤 감쪽같이 사라졌다가 다시 홀연히 윗마을에 나타나 온 나라를 공포로 몰아넣었다. 나장은 서둘러 군대를 소집했다.

곡식은 재가 되고, 마을은 시커멓게 불타 올랐으며, 백성들은 잔인하게 학살당했다. 하지만 쫓아가면 어느새 연기처럼 사라져 버리는 산적들의 줄달음에 나장의 군대는 매번 허탕을 쳤다. 산적들은 그렇게 전의에 불타는 사자를 궁지에 몰아넣는 교활한 자칼처럼 나장을 자꾸만 남쪽으로 유인했다.

산적들의 이런 만행은 지방 곳곳으로 퍼져나갔고, 궁전 가까운 곳까지 잠식해갔다. 궁에서는 젤리단느가 불안에 떨며 나장이 무사히 돌아오기만을 기다리고 있었다. 하지만 들리는 것이라고는 하나같이 걱정스러운 소식들뿐이었다. 겁에 질린 젤리단느는 언니 알리자드에게 도와달라는 편지를 썼다. 과연 형 날리바르는 동생의 아내와 아들을 지켜줄 것인가?

한편, 날리바르는 펄럭이는 깃발 아래 북과 나팔을 울리며 강을 건넜다. 동생의 부인 젤리단느에게는 도와줄 테니 걱정하지 말라는 거짓 편지를 이미 보내놓은 뒤였다. 젤리단느가 안도의 한숨을 쉬는 동안, 날리바르의 군대는 온몸에 철침이 비죽비죽 솟은 뱀처럼 동생의 궁전을 향해 행진하고 있었다. 그의 군대는 무척 게걸스러워 날마다 엄청난 양의 곡식과 포도주를 먹어치웠고, 밤낮으로 닭의 목을 비틀어댔다. 날리바르의 군대가 통과하는 마을의 가축우리는 온통 도살장으로 변했다.

젤리단느의 눈이 좀더 밝았더라면 늙은 왕의 궁전에서 피어오르는 불길을 발견했을 것이고, 귀가 좀더 예민했더라면 날리바르가 내린 추악한 명령들을 들을 수 있었으리라. 하지만 마음씨 착한 젤리단느는 주변 사람들의 걱정에도 불구하고 형부의 배신을 믿으려 하지 않았다. 하지만 그런 그녀에게 되돌아온 것은 커다란 발톱을 치켜세우고 날카로운 부리를 번뜩이며 날아온 사나운 맹수의 분노였다. 날리바르는 젤리단느와 어린 왕자가 있는 궁궐을 향해 말을 몰았다. 이제는 적장의 신분이 된 날리바르가 한껏 으스대며 술에 취한 군사들을 데리고 동생의 궁궐 정원을 습격했다.

날리바르의 군대는 온몸에 철침이 비죽비죽 솟은 뱀처럼 동생의 궁전을 향해 행진하고 있었다.

궁궐은 갑작스러운 적의 공격에 벌집을 쑤셔놓은 듯 발칵 뒤집혔다. 충신들은 젤리단느와 낭자뎅을 피신시키기 위해 온몸으로 날리바르의 군사들을 막아냈고, 그 틈을 타 두 사람은 무사히 궁궐을 빠져나왔다.

목표물이 감쪽같이 사라졌다는 사실을 알게 된 날리바르는 불같이 화를 냈다. 그는 나장의 충신들을 잡아들여 머리를 베고, 동물들을 마구잡이로 학살했다. 낭자뎅은 탈출에 성공했지만 결국 붙잡힌 젤리단느는 쇠창살 감옥에 갇힌 채 날리바르의 궁으로 끌려갔다. 그녀의 머리 위로 지하 독방의 육중한 문이 우레 같은 소리를 내며 닫혔다.

뒤늦게 날리바르의 배신을 안 나장은 궁으로 돌아가기 위해 강행군을 했다. 하지만 적은 나장의 군대를 쉽게 보내주지 않았다. 그들은 밤낮없이 나장의 군대를 공격해왔다. 나장은 죽을힘을 다해 싸웠으나 악랄한 적들을 물리치기에는 역부족이었다. 그는 궁전을 겨우 사십 킬로미터 앞에 두고, 화살에 찔려 상처투성이가 된 채 분노와 슬픔 속에서 최후를 맞이했다.

한편, 낭자뎅은 닐랑다르 왕국을 벗어나 멀리 도망쳤다. 향기로운 추억의 장소를 순식간에 흉측한 전쟁터로 뒤바꿔놓은 잔인한 운명이 그의 마음을 점점 더 황폐하게 만들었다. 조국을 등지고 정처 없이 길을 가던 낭자뎅은 닐랑다르 왕궁이 서 있는 강가에 이르렀다. 육지와 섬을 연결해주던 대리석 다리는 폭삭 주저앉아 있었다. 전쟁의 소용돌이가 휩쓸고 간 처참한 모습이었다. 낭자뎅은 어둠이 내리기만을 기다렸다. 병졸들 몰래 차가운 강물을 건너기 위해서였다. 수영을 잘하는 낭자뎅은 별 탈 없이 섬 가장자리에 닿을 수 있었다. 꼬마 주인이 나타나자 공원 구석에서 기린들이 달려나와 머리를 흔들었다. 낭자뎅은 외할아버지가 선물로 준 기린을 알아보고는 나뭇가지를 타고 녀석의 등 위로 훌쩍 뛰어올랐다. 그러고는 나무 그늘 밑으로 들어가 다시 밤이 되기를 기다렸다.

늙은 왕은 예전에 낭자뎅에게 강의 수심이 가장 얕은 곳의 위치를 가르쳐준 적이 있었다. 기린 등에 탄 낭자뎅은 다른 기린들을 이끌고 섬의 서쪽에 있는 야트막한 강줄기를 건너기 시작했다. 그는 손에 땀이 나도록 기린의 뿔을 꼭 잡았다. 아마 말이었더라면 거센 물살에 휩쓸려 떠내려갔을 것이다. 그런데 이를 눈치챈 병졸들이 낭자뎅을 뒤쫓아왔다. 말에 채찍을 휘두르고 박차를 가했지만 기린의 걸음을 따라잡을 수 없었다. 그들은 낭자뎅과 기린들이 달아나는 것을 멍하니 보고만 있었다. 기린들이 한 걸음 내딛을 때마다 병졸들과의 거리는 점점 더 멀어졌고, 그렇게 어린 왕자는 연기처럼 지평선 너머로 홀연히 사라졌다.

　낭자뎅은 곧 위험에서 벗어났다. 기린 등에 올라탄 그는 별 어려움 없이 새 둥지에서 알을 꺼내 먹을 수 있었고, 가장 높이 매달려 있는 나무 열매도 손쉽게 따 먹을 수 있었다. 제일 키가 큰 기린의 정수리에 올라서면 전방이 환하게 트여 길을 찾는 것도 식은 죽 먹기였다. 녀석들의 길고 튼튼한 두 다리 앞에서는 깊은 강물도, 커다란 구덩이도 전혀 문제가 되지 않았다. 낭자뎅은 자신이 타고 있는 기린에게서 조금이라도 피로한 기색이 보이면 곧 다른 기린으로 바꿔 탔다.

　숲을 지나고 산을 기어오르는 등 숱한 역경을 딛고 나서야 낭자뎅은 외할아버지의 나라인 말렝디 왕국에 도착했다. 그는 외할아버지에게 조국의 불행을 알리고, 그곳에 머물며 복수의 칼날을 벼릴 작정이었다. 하지만 외할아버지는 너무 늙었고, 오랫동안 함께 지내본 적이 없어서인지 자꾸 낯설게만 느껴졌다. 낭자뎅의 말을 전해들은 외할아버지는 두 딸에게 벌어진 끔찍한 일들을 떠올리며 치를 떨었고, 평화롭고 아름다웠던 옛 친구의 나라를 추억하며 굵은 눈물을 흘렸다. 하지만 감히 군대를 이끌고 날리바르 군대와 대적할 엄두를 내지는 못했다.

피난처로 찾은 말렝디 왕국은 곧 낭자뎅의 유배지가 되었다. 그는 조국을 등진 채 어른이 되어갔다. 몸은 말렝디 왕국에 있었지만 심장은 늘 반대편에서 뛰고 있었다. 낭자뎅에게는 조숙한 아이들 특유의 음울한 분위기가 느껴졌다. 그는 신기루처럼 사라져버린 과거의 행복을 잊어버리려 안간힘을 쓰며 희망 없는 하루하루를 버텨내고 있었다. 닐랑다르 왕국에 관한 소식은 거의 들을 수가 없었다. 삼촌이 절대 군주로 군림한 닐랑다르 왕국에는 노예와 범죄자가 득시글댔고, 젤리단느는 차디찬 감옥 안에 갇힌 채 지옥 같은 세월을 보내고 있었으며, 알리자드는 미쳤다는 소문이 돌았다. 대체 누가 시간의 흐름을 거스를 수 있단 말인가? 말렝디의 왕이 위독해지자, 낭자뎅은 마지막 날까지 그의 곁을 지켰다.

십 년이 지났다.

어느 날, 한 젊은이가 아무도 모르게 닐랑다르 왕국으로 숨어들었다. 그는 조국도 무기도 없는 힘 없는 왕자요, 명예도 가진 것도 없는 벌거숭이 영혼이었다. 나무 위에 걸터앉은 새들의 노랫소리, 한가로이 졸고 있는 물소들, 반듯한 논 위로 비치는 구름의 그림자……. 달라진 것은 아무것도 없었다. 하지만 모든 것이 또한 전과 달랐다. 낭자뎅은 할아버지의 궁전으로 가기 위해 잰걸음으로 흔적만 남아 있는 큰길을 따라 걸었다. 강물 위에는 아치형의 다리가 새로 세워져 있었고, 그 아래로 강물이 무심히 흘러가고 있었다. 안개에 휩싸인 강물을 헤엄쳐 섬으로 간 낭자뎅은 살금살금 걸어서 기린들이 있는 울타리 쪽으로 갔다. 기린들이 낭자뎅 쪽으로 몰려왔다. 전쟁이 끝난 뒤, 날리바르가 갖은 노력을 다 기울여서 기린들을 다시 번식시켰던 것이다. 낭자뎅은 여전히 기린들과 대화를 할 수 있었다. 전쟁고아이자 평화의 사절인 낭자뎅을 둘러싼 기린들은 기다란 목을 숙여 그의 손바닥 위에 있는 부드러운 한 줌의 풀을 천천히 핥아먹기 시작했다.

인기척을 느낀 병졸들이 서슬이 퍼렇게 달려왔다. 날리바르 왕은 기린을 매우 귀하게 여겨 그 누구의 접근도 허락하지 않았기 때문이다. 그런데 궁 한가운데에서 감히 그 규칙을 어긴 정신 나간 자가 누구란 말인가? 군사들은 낭자뎅을 에워싸고 날카로운 창 끝을 겨누었다. 하지만 낭자뎅을 찔러 죽일 수는 없었다. 그 낯선 침입자의 얼굴이 국왕인 날리바르와 너무도 비슷했기 때문이었다. 마침내 날리바르가 군사들의 고함 소리를 듣고 밖으로 뛰어나왔다.

알리자드는 마치 꿈을 꾸는 것 같았다. 그녀는 청년의 목덜미에서 사슬 모양의 황금 목걸이를 발견했다. 이어 칼을 뽑아든 채 언제든 내려칠 준비를 하고 있던 날리바르가 낭자뎅을 알아보았다. 낭자뎅은 눈을 감은 채 아버지를 따라 하늘나라로 갈 순간을 기다리고 있었다. 날리바르는 머뭇거렸다. 분노로 이글거리는 그의 두 눈에 다시는 보고 싶지 않았던 그 어떤 영상이 걸어 들어왔기 때문이다. 그것은 바로 동생 나장과 너무나도 닮은 조카 낭자뎅의 얼굴이었다. 아, 증오와 질투를 전혀 알지 못하던 시절, 함께 젊음을 불태우고 미래를 약속하던 동생 나장의 아들을 이 손으로 죽여야 한단 말인가?

날리바르의 두 팔과 두 다리는 예전처럼 단단하지 못했다. 군사들이 창을 내리자 알리자드는 조카를 끌어안기 위해 가까이 다가갔다. 하지만 악마의 속삭임에 사로잡힌 날리바르는 분노로 비틀거리며 낭자뎅을 향해 칼을 던졌다. 칼날은 낭자뎅의 한쪽 어깨를 스치고 지나갔고, 공격 후, 날리바르는 제풀에 중심을 잃고 땅에 주저앉고 말았다.

바로 그때, 기린들이 큰 걸음으로 걸어와 날리바르를 에워쌌다. 그러고는 다시 일어설 겨를도 없이 마구 짓밟아 쓰러뜨렸다.

군사들은 왕비 알리자드의 비명 소리에 놀라 낭자뎅을 공격하려던 동작을 멈추었다. 낭자뎅은 궁전을 향해 달리고 또 달렸다. 아무도 그를 뒤쫓을 생각을 하지 않았다. 곳곳에서 시종들과 신하

바로 그때, 기린들이 큰 걸음으로 걸어와 날리바르를 에워싸더니
다시 일어설 겨를도 없이 마구 짓밟아 쓰러뜨렸다.

들이 뛰어나왔지만, 낭자뎅에게 관심을 두는 사람은 아무도 없었다. 그들은 모두 왕이 참사를 당한 비극의 현장으로 급히 달려갔다. 혼란을 틈타 어머니가 갇힌 지하 감옥을 찾아낸 낭자뎅은 어리둥절해하는 젤리단느를 감옥에서 빼냈다.

그는 어머니를 방에 데려가서 침대에 눕혔다. 사람들의 관심은 온통 왕의 죽음에 쏠려 있었고, 뒤숭숭한 기운이 궁궐 전체를 휩싸고 돌았다. 죽음을 앞둔 날리바르는 마지막 숨을 헐떡였다. 사람들은 뿔뿔이 흩어졌고, 궁궐은 이내 아수라장이 되었다. 하인들과 신하들은 얼이 빠져 어찌할 바를 몰라했고, 어처구니없이 노예가 된 사람들은 왕이 죽었다는 말에 분노와 기쁨이 뒤섞인 차가운 눈물을 쏟았다. 그 와중에도 권력에만 관심 있는 파렴치한 족속들은 왕비를 찾는 데 혈안이 돼 있었다.

정신을 차린 젤리단느는 천을 찢어 아들의 다친 어깨를 조심스레 감싸주고는 넋이 나간 사람처럼 오랫동안 아들의 얼굴을 바라보았다. 낭자뎅은 자신이 그토록 사랑했던 나장의 모습을 고스란히 간직하고 있었다. 젤리단느는 무슨 말을 해야 할지 몰라 방 안을 서성거리며 엉뚱한 이야기만 늘어놓다가 기린 공원이 한눈에 보이는 발코니로 걸어갔다. 공원에는 기린들이 한가로이 걸어 다니고 있었다.

"그렇지, 기린들은…… 평화를 전하는 동물이지……."

그녀는 슬픈 미소를 지었다. 그러고는 아들을 향해 돌아서더니 가만히 그의 이름을 불렀다.

"낭자뎅."

그녀의 머릿속에 이십 년 전의 일이 생생하게 스쳐 지나갔다.

바로 이 방에서 낭자뎅을 낳던 일이.

나장과 젤리단느

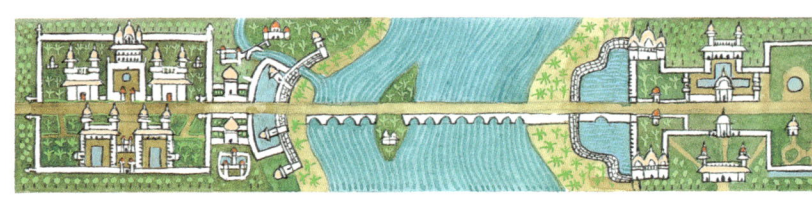

흰 대리석으로 만든 술병과 술잔
낭자뎅이 태어난 날, 사람들은 말 젖과 양젖, 염소젖과 물소젖을 흰 대리석 잔에 따라 마시며 낭자뎅의 장수를 기원했다.

말렝디 왕국의 무희

닐랑다르의 왕과 야생 기린을 탄 낭자뎅
비단처럼 부드럽고 긴 털을 가진 기린은 매우 드문 종이다.

연회에 참석한 닐랑다르의 왕과 말렝디의 왕

146 —— 비취 나라에서 키녹타섬까지

닐랑다르 왕국의 성

날리바르와 알리자드

날리바르의 전투용 코끼리

나장의 죽음

날리바르에게 붙잡힌 젤리단느

· N · 닐랑다르의 두 왕국 —— 147

L'île d'Orbæ

오르배섬은 바다 위에 떠 있는 둥근 섬으로 크기는 왕국을 이룰 만큼 방대하며, 안쪽 땅, 안개강, 바깥쪽 땅으로 이루어져 있다. 오르배섬에는 수많은 상선들이 진귀한 물건들을 사 모으기 위해 기항한다. 다섯 개의 호기심 항구에서는 세계 곳곳에서 몰려온 장사꾼들이 희귀한 동식물과 보석 들을 사고팔 수 있지만, 안개강 너머에 있는 풍요로운 안쪽 땅은 이 섬을 다스리는 우주학자들이 철저하게 출입을 통제하는 곳이다.

비밀 원정 · 원형 강당에서 열린 재판 · 상인 조합 장님들
우주학자들의 학회 · 채색부의 지도 그리는 여인들 · 안개강 · 검은 땅
오르텔리우스의 새 · 어머니 지도 · 동그란 자석 · 오르텔리우스 이야기

· O ·

오르배섬

　바위산을 휘감은 안개는 오르텔리우스의 눈앞에서 기다란 연기처럼 흩어졌다. 그가 이끄는 원정대는 뿌연 먼지를 뒤집어쓰고 태엽이 감긴 인형처럼 걷고 또 걸었다. 한 줄로 늘어선 일행은 가쁜 숨을 몰아쉬며 앞서간 사람들의 발자국을 따라가고 있었다. 선두조는 햇빛 속에 그 모습을 드러냈지만, 후미조는 짙은 안개에 가려 여전히 보이지 않았다. 이 킬로미터쯤 더 걷고 나서야 일행은 안개강을 완전히 빠져나올 수 있었다. 부상이 심한 사람들은 들것에 실려 갔고, 지칠 대로 지친 오르텔리우스는 휘청거리며 앞으로 나아갔다. 그래도 오늘밤에는 고향에서 잘 수 있겠구나, 생각하니 마음은 한결 가벼웠다.

　마침내 원정대는 장님들°의 성문을 넘어 도시로 들어섰다. 거리는 사람들이 켜둔 횃불로 대낮처럼 환했고, 사람들이 섬 중앙의 땅 이름을 따서 '안쪽 땅'이라고 부르는 도시의 광장은 몰려든 인파로 발 디딜 틈이 없을 정도였다. 이보다 더 성대한 환대는 없을 것 같았다. 걱정으로 밤잠을 못 이루던 가족들은 모닥불 둘레에 송이송이 무리를 지어 살아 돌아온 사람들을 둥그렇게 에워쌌고, 개들은 불빛 아래 긴 그림자를 출렁이며 사람들 사이를 껑충껑충 뛰어다녔다. 누군가가 새장 앞에 우뚝 멈춰 섰다. 그 새장 안에는 이번 원정의 유일한 전리품인, 깃털이 듬성듬성한 새 한 마리가 잠들어 있었다.

오르텔리우스는 곧바로 출동한 관원들에 의해 감찰부 궁으로 끌려갔다. 그는 방 안에 갇혔고, 안개강을 탐험한 내용이 적힌 수첩과 지도도 모조리 압수당했다. 그는 창문에 기대어 서서 눈앞의 항구를 말없이 바라보았다.

항구에는 외국에서 온 선박들이 두 줄로 나란히 정박해 있었다. 아랫배가 불룩한 배들은 어서 빨리 닻이 올려지기를 기다리는 듯했고, 아무렇게나 뒤얽힌 돛 줄은 어둡고 우울한 교수대를 연상케 했다. '저 배들은 모두 어디에서 온 것일까?' 그는 뱃머리에 씌어 있을 배의 이름들을 상상해보았다. 그러면서 난생처음, 조국

○ 오르배섬의 상인 조합으로, 유일하게 안개강을 건널 수 있는 특권을 가지고 있어 누구라도 이들의 안내 없이는 안개강을 건널 수 없다.

인 오르배를 떠나야겠다고 생각했다. 하지만 그는 이미 섬 밖으로 나가는 것이 금지되어 있었다. 만약 이를 어기고 배에 오른다면

조국에서 추방될 것은 불 보듯 훤한 일이었다. 그렇다고 해도 스스로 유배를 선택하는 것이 이렇듯 조국에 살면서 철저히 외면당

하는 것보다 못하다고 누가 장담할 수 있단 말인가?

오르배는 바다 위에 떠 있는 둥근 섬으로, 그 크기는 왕국을 이룰 만큼 방대했으며, 사방에 쭉쭉 뻗은 흰 절벽들이 있어 감히 뚫고 지나갈 엄두도 낼 수 없었다. 섬 바깥쪽에 있는 다섯 가지 호기심 항구°만이 유일하게 외국 선박들이 드나들 수 있는 통로이자, 오르배섬 사람들이 모여 사는 도시였다. 하지만 중심부의 무한히 넓은 안쪽 땅은 지금껏 단 한 번도 그 실체를 온전히 드러낸 적이 없었다.

오르배섬에는 고리 모양의 안개띠가 바다에 접한 왕관 모양의 절벽과 안쪽 땅 사이를 빙빙 돌고 있었는데, 안개가 짙어 상인 조합 장님들의 도움 없이는 결코 넘을 수가 없었다. 그래서 사람들은 이 안개띠를 안개강이라고 불렀다. 안개강은 햇빛에 따라 홀쭉해지기도 하고 불룩해지기도 했다. 아침 저녁으로 모양을 달리하는 오르배섬의 안개강은 먼 바다에서도 쉽게 관찰할 수가 있었다. 이처럼 시시각각 형태를 달리하는 안개강 때문에 오르배섬은 마치 숨을 쉬는 것처럼 보였고, '숨 쉬는 오르배섬' 이야기는 뱃사람들에 의해 널리 이야기되곤 했다.

° 바깥쪽 땅에 위치한 항구로 희귀한 물건들을 사 모으기 위해 세계 곳곳에서 몰려온 선박들이 기항하는 곳이며, 안쪽 땅과는 달리 외부인의 출입이 자유롭다.

항구를 밝히던 전등들이 하나둘씩 꺼지기 시작했다. 범선들의 고물에 달린 신호등 불빛만이 반지르르한 수면 위로 반사되고 있을 뿐이었다. 하지만 오르텔리우스는 쉽게 잠을 이루지 못했다. 그의 머리와는 달리 몸은 아직도 지금까지의 길고 고된 여정이 계속되고 있는 것만 같았다. 쉬고 있는 발이 어색하게 느껴졌다. 그는 갇힌 방 안에서 몸을 뒤척였다. 사방은 쥐 죽은 듯 고요했고, 파도 소리만이 굳게 닫힌 성문과 텅 빈 도시를 구석구석 적셔주었다.

오르텔리우스는 그가 여행한 나라들을 떠올렸다. 따뜻한 소나기 아래 달콤한 과일들을 주렁주렁 매단 숲들, 푸르스름한 산 그림자 아래 하얀 연기를 피워 올리던 붉은 땅들, 눈 섞인 회오리바람을 가르며 하늘로 날아오른 새들이 마치 무늬처럼 점점이 박힌 하늘까지 길게 이어져 있던 무지갯빛 호수들……. 너무 많아 일일이 셀 수도 없지만, 그때의 감동만큼은 아직까지 생생하게 남아 있었다.

그는 그렇게 며칠은 상념에 잠겨 지나간 기억들을 더듬다가, 깜박 잠이 들었을 때는 검은 땅이 나오는 악몽에 시달렸다.

어느 날 아침, 헌병대의 군인들이 그를 밖으로 끌어냈다. 일행은 감찰부 궁과 우주학자들 궁 사이에 빽빽하게 늘어서 있는 구경꾼들 때문에 어렵사리 길을 터가며 나아가야 했다. 군중들 틈에서 들릴락 말락 하게 그를 비웃는 소리가 들렸다. 하지만 눈과 이마를 당당히 치켜들고, 우주학자의 옷과 모자를 갖춰 입은 오르텔리우스의 모습은 여전히 위엄이 넘쳤다. 그 모습을 본 사람들은 남모르게 찬탄을 자아내지 않을 수 없었다. 불과 얼마 전까지만 해도 그의 이름 앞에는 온갖 화려한 수식어들이 달렸다. '학계의 큰 빛', '위대한 천체 지도학자들의 태양', '다섯 가지 호기심 항구 상인들의 은인' 등등……. 오르텔리우스의 빠른 성공과 추락을 동시에 지켜본 사람들은 그를 떨어지는 별똥별에 비유했다.

    재판은 원형 강당에서 열렸고, 동료 우주학자들이 배심원으로 참석했다. 판사가 나무망치로 탁자를 두드리자 우주학자들이 옷자락을 서걱이며 웅성웅성 제자리로 가 앉았다. 판사가 몇 번의 헛기침으로 강당 안의 소란을 정리하자 학자들은 심각한 표정으로 속닥거리기 시작했고, 말소리가 퍼져나가지 않도록 하얀 가발을 쓴 머리를 수그렸다. 드디어 서기가 펜대를 갈고, 잉크병의 뚜껑을 열고, 두꺼운 종이 뭉치를 펼쳤다. 두 번째 망치 소리가 울리자 강당 안은 찬물이라도 끼얹은 듯 조용해졌다. 바로 그때, 오르텔리우스가 원형 강당 안으로 들어섰고 사람들의 시선이 일제히 그에게 쏠렸다.

판사가 오르텔리우스의 이름을 불렀다. 판사는 오르텔리우스에게 우주학자의 자리에서 물러나라고 선고한 뒤, 지금껏 그가 이룬 업적을 하나하나 나열해보라고 명했다. 그는 스물네 살에 바로 이 우주학자들 궁에서 박사학위를 받았고, 안쪽 땅으로 가는 수많은 원정을 지휘하였으며, 서른한 살에는 '위대한 발견자' 칭호를 받는 등 뛰어난 업적을 이루었다. 이러한 공적들은 보통은 훨씬 나이가 많은 사람들이나 이룰 법한 것들이었다.

오르텔리우스는 탐험에서 돌아올 때마다 생전 처음 보는 동물들을 잡아 오곤 했다. 가짓수만 해도 천여 가지가 넘었으며, 깃털 달린 것에서부터 비늘 달린 것, 갑각류, 털 없는 것, 털이 수북한 것 등 종류도 매우 다양했다. 기발한 꾀를 내어 산 채로 잡아 온 것들도 백오십삼 종이나 됐다. 그중 나무 가면 큰사슴, 뿔 달린 마이크로돈트, 슬픈 두루쿨리, 별 모양 포타모갈 등은 보기만 해도 온몸에 소름이 돋을 만큼 끔찍한 모양을 하고 있었다. 또한 한가로운 벨라돈나, 진귀한 음악가 디지털, 기억하는 돌, 귀한 모래 등과 함께 식물 표본도 셀 수 없이 많이 가져왔다. 이것들은 오르텔리우스의 수집품 중 중요한 것들만 꼽은 것이고, 이에 대한 학자들의 조사와 목록 작성이 아직 끝나지 않았다. 상인들은 그가 들여온 희귀한 동식물 덕분에 지금까지도 쏠쏠한 재미를 보고 있었다.

질문에 답하는 오르텔리우스의 목소리는 모든 것을 초월한 듯 담담했다. 판사와 배심원 들은 그에게서 조국을 배반했다는 증거를 찾으려고 애썼지만, 그의 대답 어디에서도 그처럼 불순한 기미는 찾아볼 수 없었다.

드디어 사건의 발단이 된 마지막 원정에 대해, 믿을 수 없는 실패에 대해, 앞에 나열한 엄청난 공적들을 한 번에 무너뜨릴 만큼 어처구니없는 결과에 대해 밝힐 차례가 되었다. 원정대 중 세 명이 실종되었고, 열일곱 명이 부상을 당하거나 병에 걸렸다. 이들은 모두 오르텔리우스의 명성만 믿고 따라나섰다가 역사상 최악의 모험을 겪은 불쌍한 사람들이었다. 그러나 그것은 어쩔 수 없는 희생이었다 하더라도 가장 큰 문제는 기형적인 모습을 한 그 작은 새 한 마리였다. 칙칙하고 흉측한 모양의 깃털을 한 그 새는 볼품없이 길기만 한 목을 늘여 뺀 채 쉬어터진 목소리로 끈덕지게 울어댔다. 여기저기에서 웃음소리가 터져 나왔다. 사람들은 그 새를 '오르텔리우스의 새'라고 불렀고, 오르텔리우스의 새는 이제 오르텔리우스만큼이나 유명해졌다.

이번에는 오르텔리우스를 따라나선 보좌관이 심문을 당했다. 왜 원정을 비밀리에 추진하였는가? 밤에 출발한 이유는 무엇인가? 오르배섬의 신성한 법을 무시하고, 장님들의 안내 없이 함부로 안개강을 건넌 것이 사실인가? 그렇다면 그 이유는 무엇인가?

　보좌관은 시종일관 고개를 숙인 채 대답했다. 그는 강을 건너기 위해 짙은 안개 속을 오랫동안 헤맨 것과, 밤인지 낮인지 분간되지 않는 적막한 안개강 속을 마치 환각 속을 거닐 듯 걷고 또 걸었던 것에 대해 담담히 진술했다.

　보좌관은 마지막 질문에 '예'라고 답한 뒤 긴 한숨을 쉬었다.
"예……. 오르텔리우스님께서 눈을 똑바로 뜨라고 명령했어요. 그래서 모두들 보자기로 눈을 가리지 않았죠."

　그는 한참 헤맨 끝에 발견한 검은 땅을 생각하며 부르르 몸을 떨었다.

　판사는 압류한 지도를 손가락으로 가리켰다. 거기에는 오르텔리우스가 직접 써넣은 주석이 달려 있었다. 놀랍게도 그 지도는 안개강을 그린 최초의 지도였다!

　그 순간, 장님들의 최고 연장자인 흰 수염 노인이 더 이상 참을 수 없다는 듯 자리에서 벌떡 일어났다. 그러고는 무거운 지팡이로 땅을 쾅쾅 내리치며 엄청난 분노를 퍼붓기 시작했다.

"괘씸한! 짙은 어둠이나 안개 속에서도 정확하게 길을 찾을 수 있는 사람은 오직 장님들뿐이오. 우리들만이 원정대를 인도해 안개강을 건너게 할 권리와 능력을 갖고 있소. 아시겠소? 보이지 않는 것을 보이게 하려는 당신의 섣부른 욕심이 모든 걸 망쳐놓았소. 지리학상의 금기를 어긴 채 절대 탐험할 수 없는 안쪽 땅의 불모지를 건드리다니. 게다가 자신의 호기심을 채우기 위해 무고한 사람들을 위험에 빠뜨렸잖소! 축복의 땅이었던 안쪽 땅은 당신의 원정으로 인해 우울하고 평범한 공간으로 전락하고 말았소. 자, 보시오! 오르배의 비밀스러운 장막 안을 엿보려 한 불경한 자들에게 되돌아온 게 대체 무언지! 그건 진흙투성이의 신발뿐이오. 탐험에서 얻은 것도 겨우 불쌍하고 흉측한 새 한 마리뿐이잖소! 그 새가 뜻하는 게 뭔지 아시오? 그것은 수치스럽게 드러난 불모지의 모습일 뿐이오!"

"저는 더 이상 할 말이 없습니다."

오르텔리우스가 입을 다물자 이번에는 흰 수염 노인의 말을 가만히 듣고 있던 판사가 그에게 비난의 화살을 쏟아놓았다. 왜 그처럼 불경한 짓을 저질렀단 말인가. 대체 무슨 이유로 유일하게 보는 것이 금지되어 있는 안개강을 굳이 탐험하러 나섰던 것인가. 안쪽 땅은 안개강에 발을 들여놓지 않는다는 조건에서만 그 비밀을 알려준다. 돌고 도는 안개강의 보호 아래, 아름다운 풍경, 풍성한 과일, 그리고 새로운 동물들을 길러내는 것이다. 생각해보라! 경솔한 탐험으로 이 풍족한 안쪽 땅이 불결한 검은 땅의 진흙 속으로 녹아든다면, 오르배섬 사람들은 과연 어떻게 살아갈 수 있겠는가!

"저는 오히려 눈을 뜬 채로 꿈꾸고 싶습니다."

오르텔리우스가 맞섰다.

"안개강은 겉으로 보기에 무척 아름답습니다. 모든 사물을 흐릿한 회색빛 부드러움 속에 잠기게 하고, 거대한 젖빛 소용돌이를 일으키며, 살아 있는 것들을 유령으로 바꾸어놓지요. 하지만 불분명한 그 세계는 나름대로 법칙이 있습니다. 강물은 일곱 개의 둥근 원을 그리고 있는데, 원의 중심은 모두 같지만 물의 흐름은 각기 달라서 대체 어떤 강을 건너고 있는지 도통 분간할 수가 없을 정도입니다. 마치 땅 자체가 우리 발아래로 미끄러지는 것처럼 느껴지지요……. 여러분들이 비웃고 있는 저 시끄러운 새로 말할 것 같으면…… 제가 보고할 것들 중 가장 자랑스러운 전리품입니다. 제 말을 믿으십시오. 왜냐하면 그 조류는 지리학적인 가설을 뒷받침해주는 살아 있는 증거물이니까요!"

"그 기형적인 새는 바로 너의 무모함에 대한 오르배의 복수다. 안개강의 비밀을 파괴한 이단자들에게 안쪽 땅이 주는 선물인 셈이지. 오르배 역사상 이처럼 끔찍한 원정은 없었다. 너는 권한 밖의 일을 저질렀고, 그 대가로 부와 명예도 잃은 것이다."

안개강은 모든 사물을 흐릿한 회색빛 부드러움 속에 잠기게 하고,
거대한 소용돌이를 일으키며, 살아 있는 것들을 유령으로 바꾸어놓지요.

"우주 삼라만상을 관찰하는 게 우주학자의 역할 아닙니까. 저는 그 역할을 다했을 뿐입니다. 어리석은 건 제가 아니라 보는 것을 금지한 오르배의 법이지요. 그런데도 법은 저를 파렴치한 이단아로 내몰았습니다. 이에 저 오르텔리우스는 어머니 지도의 개정을 요구하는 바입니다!"

오르텔리우스의 마지막 발언은 확실히 충격적이었다. 신성한 어머니 지도는 매년 정초에만 꺼내 수정할 수가 있었다. 하지만 지리학계의 이단을 가리기 위한 재판은 매우 예외적인 경우가 아닌가. 집행관이 백 개의 이름을 가진 노인 옆에 급히 자리를 잡고 앉았다. 어머니 지도는 함부로 옮길 수 없는 비밀스러운 것이었으므로 원형 강당 안에 있던 사람들이 모두 지도를 만드는 커다란 방으로 자리를 옮겨야 했다.

커다란 방의 벽장은 온통 지도책과 지도, 항해 안내서 등으로 가득 차 있었다. 천장 한쪽에는 안쪽 땅에 관한 지도들이, 또 다른 한쪽에는 미지의 세상인 바깥쪽 땅들의 지도가 걸려 있었다. 그는 바다 저 너머에 펼쳐진 바깥쪽 땅들을 탐험하는 데 젊음을 다 바쳤다. 그리하여 방 안에는 전 세계의 지도들이 빼곡히 꽂혀 있었고, 이 중 그린 지 오래된 옛 지도들은 대부분 다섯 가지 호기심 항구에서 비싼 돈을 주고 구입한 것들이었다.

서기가 어머니 지도를 가져와 책상 위에 널따랗게 펼쳐놓았다. 그것은 비단으로 속을 댄 매우 큰 양피지 지도였다. 시간에 따라 수시로 모습을 바꾸는 안쪽 땅은 덧칠한 흔적이 역력했다. 거기에는 각종 나무와 이상한 동물들, 잡다한 색깔로 칠해진 여러 경치들이 수없이 겹쳐져 있었다. 까마득한 시절의 괴물들, 개의 머리를 한 사람, 몸통 가운데 얼굴이 있는 연체동물들처럼 너무 오래돼 거의 지워지다시피 한 것들도 있었다. 또한 어머니 지도는 수많은 전설과 탄성이 나올 만큼 멋진 그림들로 장식되어 있었다.

이 모든 것들은 지금 막 커다란 방에 들어선 백 개의 이름을 가진 노인이 모두 알고 있는 내용이었다. 그는 어머니 지도 위로 수직으로 떠 있듯이 만들어진 강단 위에 자리를 잡고 서 있었다. 백 개의 이름을 가진 노인은 놀라운 기억력을 타고난 사람이었다. 하지만 지금은 나이가 너무 많아 지도를 해독하기에는 무리가 있었다. 노인의 기술을 전수받은 사람은 다름 아닌 열 살짜리 소년이었다. 소년은 아주 미세한 기록에서부터 지도 그리는 여인들이 최근에 지워버린 흔적들까지 모조리 읽어낼 수 있었다. 사람들은 소년을 양피지 아이라고 불렀다.

판사와 오르텔리우스, 우주학자들과 양피지 아이는 지도 주위에 빙 둘러섰다. 모두들 양피지 아이가 어떤 말을 할지 궁금해하

어머니 지도는 비단으로 속을 댄 매우 큰 양피지 지도였다.
시간에 따라 수시로 모습을 바꾸는 안쪽 땅은 덧칠한 흔적이 역력했다.

며 아이의 입술에서 눈과 귀를 떼지 못했다. 오르텔리우스는 말이 없었다. 여러 가지 색깔의 그림들이 두런두런 이야기를 주고받는 것 같은 어머니 지도는 언제나 보는 이의 눈을 매혹했다.

누군가 어머니 지도를 함부로 건드렸다는 것을 제일 먼저 알아낸 건 판사였다. 푸르스름한 동그라미로 표시된 안개강 주변에 손 하나 크기의 검고 불규칙한 잉크 자국이 퍼져 있었다. 잉크는 새것이었고, 완전히 마르지도 않은 상태였다. 놀란 판사는 큰 숨을 내쉬었다.

"누가 감히 이런 짓을?"

"저, 오르텔리우스입니다."

사방에서 웅성거리는 소리가 들렸다.

"여러분은 지금 여러분들이 안쪽 땅이라 부르는 곳을 보고 계십니다. 그 땅이 생각만큼 넓지 않다는 것을 아시는지요? 오르배는 아직도 우리에게 자신의 신비로움을 다 보여주지 않았습니다."

오르텔리우스가 침착하게 말했다.

"너는 또 월권 행위를 저질렀구나. 어머니 지도에 탐험한 곳을 표시하는 것은 네 권한이 아니다. 너는 먼저 탐험 기록들을 우주학자들의 학회에 제출해야 했다! 그 내용을 어머니 지도에 반영하느냐 마느냐는 여성들로 구성된 채색부원들의 업무란 말이다."

"그 얼룩은 검은 땅에서의 제 탐험과는 아무 관계도 없습니다. 하지만 제 손으로 직접 신성한 어머니 지도 위에 잉크를 부은 것은 사실이지요. 그런 다음 오르배의 법을 무시한 채 제가 그려넣은 땅을 찾아 원정을 떠난 것도 사실입니다."

"말도 안 돼! 다시 말해 이미 발견한 땅을 지도 위에 그려 넣을 수는 있지만, 미리 그려놓고 나중에 발견한다는 건 결코 있을 수 없는 일이란 말이다."

"저도 그렇게 믿었습니다. 하지만 어머니 지도를 좀더 자세히 들여다보십시오. 지도 그리는 여인들은 안개강에 해당하는 부분만을 흰 여백으로 남겨놓았습니다. 사람들이 장님들의 도움 없이 안개강을 통과할 수 없도록 말이죠. 하지만 안쪽 땅은 놀랄 만큼 사실적입니다. 어떻게 직접 가보지도 않은 땅의 모습을 그토록 자세하게 그릴 수 있단 말입니까. 물론 채색부원들은 원정대의 기록과 증언을 토대로 어머니 지도를 수정하지요. 그래도 붓질하는 이의 상상력이 보태어지지 않고는 이토록 구체적인 그림이 탄생할 수는 없는 일입니다. 채색부원들은 환상이 시키는 대로, 자신들이 꿈꿔온 안쪽 땅의 모습을 그려넣었습니다. 그 상상력이 자양분이 되어 어머니 지도를 불가사의한 지도, 환상의 이야기 지도로 승화시킨 겁니다."

탁자 주위로 비난의 웅성거림이 출렁였다.

"당신 말은 아무것도 증명할 수가 없소, 오르텔리우스. 당신이 직접 그려 넣었다고 주장하는 이 잉크 얼룩도 마찬가지요. 우린 두 가지 이의를 제기할 수밖에 없소. 첫째, 당신의 원정은 불법적으로 행해진 것이오. 그러므로 검은 땅이 실제로 있었는지, 아니 설사 있었다고 해도 아무런 통제 없이 혼자 표시한 이 자리가 그 땅의 정확한 위치인지는 알 수 없는 노릇이오. 둘째로 이 자리에 있는 학자들은 안쪽 땅이 얼마나 변화무쌍한 곳인지 잘 알고 있소. 원정 때마다 결과가 달랐던 것도 바로 그런 이유요. 내 생각에 검은 땅은 당신이 저지른 불경한 행동에 대한 오르배의 대답일 뿐이오. 아무리 우리한테 검은 땅의 실체를 믿게 하려고 해도 당신의 비열한 행동을 용서받을 수 없소이다."

"너는 어떻게 생각하느냐?"

오르텔리우스가 묻자 아이의 얼굴이 빨갛게 상기되었다.

"솔직히 이야기해보거라. 그 얼룩 옆의 그림에 대해 말이다."

양피지 아이는 입술만 달싹이며 아무 말도 하지 못했다. 몸을 구부린 채 어머니 지도를 살피고 있던 배심원들은 오르텔리우스가 그렸다는 잉크 얼룩 옆에서 매우 서투르고 순진한 손으로 그린 듯한 낙서 하나를 발견하였다. 그것은 얼추 열 살쯤 된 아이의 그림으로 생명력과 장난기가 흘러넘쳤다. 잉크 상태로 보아 검은 얼룩과 거의 같은 시기에 그려진 것이 틀림없었다. 사람들의 시선이 양피지 아이에게서 초연한 표정을 짓고 있는 오르텔리우스에게로 쏠렸다. 판사는 허리를 굽혀 지도를 자세히 들여다보더니, 갑자기 뒤로 물러났다. 낙서가 무엇을 그린 것인지 비로소 깨달은 것이었다.

'이…… 이…… 이것은 오르텔리우스가 발견했다는 검은 땅에서 가져온 새가 아닌가!'

원정대를 환영하는 축하 행렬

장님들 　　　　우주학자들 　　　　위대한 발견자

오르배의 옛 언어를
공부하고 있는
양피지 아이

오르배의 지도 그리는 여인들은 매년 원정대의 탐험 기록을 토대로 어머니 지도의 채색을 수정한 뒤, 수정한 지도를 우주학자들의 학회에 제출한다. 아직 탐험하지 않은 섬의 중앙 부인 안쪽 땅은 '미지의 땅'이라는 의미로 하얗게 비워두었다.

채색부의 지도 그리는 여인

구름 지도책

오르텔리우스는 구름 지도책에서 안개강 지도책의 영감을 얻었다.

예복을 갖추어 입은 우주학자와
상인 조합 장님 들의 회원

어머니 지도를 수정하는 채색부원

170 ── 비취 나라에서 키눅타섬까지

채색부에 근무하는
지도 그리는 여인들

백 개의 이름을 가진 노인

진귀한 물건들의 행렬

뿔 달린 마이크로돈트

동그란 자석

오르배섬의 동그란 자석은 두 쪽으로 갈라져 있다. 한쪽은 중심각이 구십 도인 움직이는 부채꼴에 붙어 있으며, 다른 한쪽은 우주학자들의 궁에 보관돼 있다. 부채꼴에 붙어 있는 자석은 어디에 있든 항상 우주학자들의 궁에 있는 자석을 가리키는데, 서로 너무 오래 떨어져 있으면 둘 다 힘을 잃게 돼 오르배로 되돌아가는 길을 제대로 알려주지 못한다.

오르텔리우스의 새

나무 가면 큰사슴

탐험에 나선 발견자의 복장

다섯 가지 호기심 항구에 펼쳐진 식물 시장과 새 시장

· O · 오르배섬 — 171

Le désert des Pierreux

석질인들이 말하기를, 바위투성이인 그 사막은 한 거인의 추락으로 생겨났다고 한다. 바스라지고 조각난 거인의 몸통은 사방으로 흩어져 바위가 되었고, 거인의 치아에서는 돌거북이, 손톱에서는 석질인이 태어났다. 거인은 돌거북에게 사막에서 생활하는 데 필요한 원시적인 강인함을 물려주었고, 석질인들에게는 — 비록 기록으로 남길 수는 없지만 — 길과 방랑에 관한 신기한 지식들을 물려주었다.

사막의 행진 · 십오 년 동안 꿈꿔온 거대한 성벽 · 측량 기술자 노예들
서른두 개 큰 바위 · 사막의 돌거북 · 우박 섞인 비 · 치즈 목걸이
석질인들의 역사책 · 땅 파는 펠리컨 · 코스마 이야기

·P·
석질인의 사막

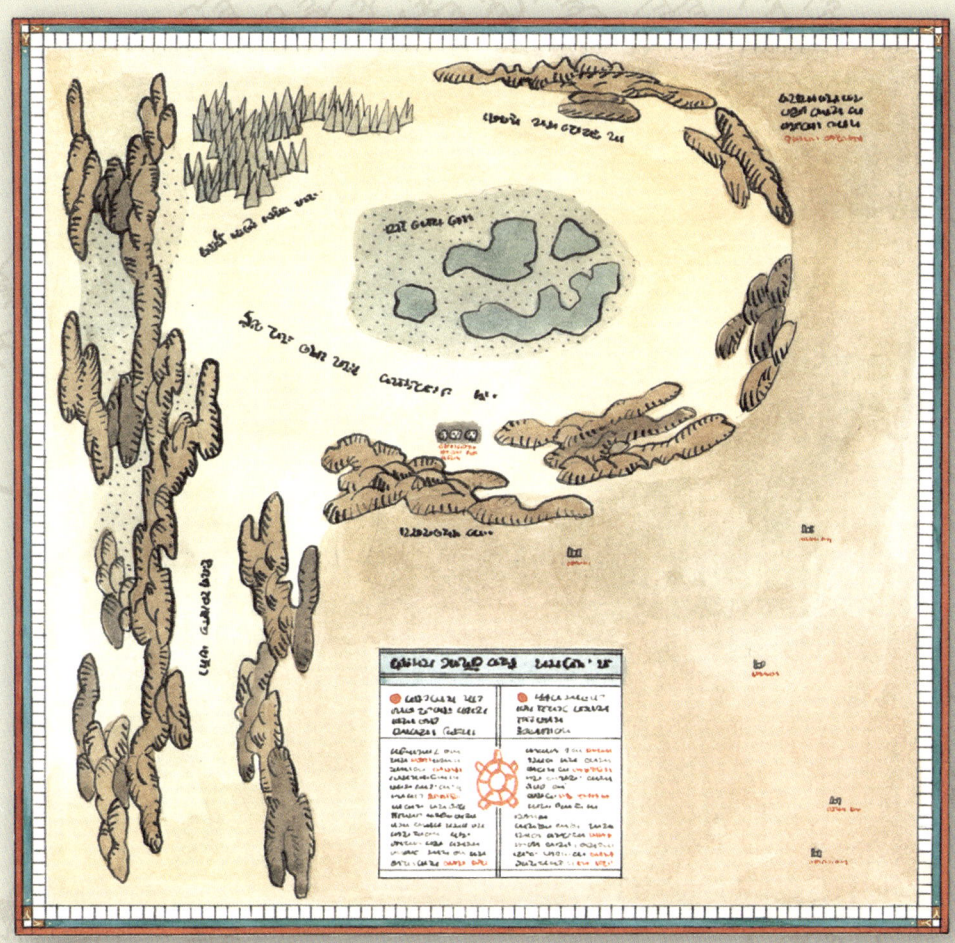

　코스마가 국경 지대로 먼 여행을 떠난 것은 난생처음이었다. 날씨는 을씨년스러웠고, 눈앞에는 모래밭이 끝도 없이 펼쳐져 있었다. 구름 한 점 없는 하늘 아래 외로이 서 있는 허름한 초소는 마치 땅에 떨어진 콩알처럼 조그맣게 보였다.

　군인들이 피운 불로 시커멓게 그을린 초소 마당에는 낡은 문짝이 바람에 삐걱거렸고, 서른 명 정도 되는 군인들은 말과 노새를 데리고 장난을 치며 무료한 시간을 때우고 있었다. 코스마가 더운 물 목욕을 할 수 있느냐고 묻자 눈이 붉게 충혈된 사령관은 기가 막혀 말이 안 나온다는 듯 한동안 멍하니 쳐다보았다.

　사령관은 코스마에게 부관을 한 사람 붙여주었다. 어스름이 깔릴 무렵, 코스마의 숙소로 찾아온 부관은 사령관이 코스마를 저녁 식사에 초대했다는 말을 전해주었다. 지도를 살피는 데 정신을 팔고 있던 코스마는 눈살을 찌푸렸다. 하지만 차마 거절할 수는 없었다.

두 남자는 각자 식탁 끝에 자리를 잡고 앉았으나 대화를 주고받지는 않았다. 코스마는 음식에는 거의 손도 대지 않은 채 콧수염만 만지작거렸고, 사령관은 코스마의 접시에 계속해서 엄청난 양의 음식을 덜어주었다.

마침내 사령관은 혀끝으로 입술을 한번 쓰윽 핥더니, 처음 이곳에 발령받은 때부터 지금까지 자신이 십오 년 동안 품어온 계획에 대해 떠들어대기 시작했다. 사령관은 자신의 계획이 제국의 대사인 코스마의 흥미를 끌 것이라고 확신하는 듯했다. 그는 껄껄 웃으면서, 그 계획이란 바로 땅을 깊이 파서 구덩이를 만들고 거기서부터 벽돌을 높다랗게 쌓아올려 그 누구도 뛰어넘을 수 없는 아주 근사한 성벽을 만드는 것이라고 큰소리쳤다.

그러더니 갑자기 "아, 실례!" 하고 외치고는 벌떡 일어서서 자신의 방으로 급히 뛰어갔다. 사령관은 누렇게 변색된 커다란 종이 두루마리를 들고 와서는 탁자 위에 턱 하니 올려놓았다. 그러고는 흥분한 듯 두루마리를 묶은 끈을 자른 뒤 탁자 위에 길게 펼쳤다. 그것은 여기저기 지우고 끄적거린 흔적들이 가득한 낡은 지도였다. 사령관은 더듬더듬 이야기를 계속했다. 때가 낀 더러운 손톱

으로 괴발개발 그려놓은 표시들을 가리키며, 성벽을 쌓는 데 필요한 자재와 인력 들을 조목조목 나열했다. 그는 구덩이의 깊이와

너비는 각각 약 삼 미터와 약 사 미터이며, 또 망루는 삼백 걸음 간격으로 세워질 거라고 말했다.

그을린 초소 마당에는 낡은 문짝이 바람에 삐걱거리고 있었고,
군인들은 말과 노새를 데리고 장난을 치며 무료한 시간을 때우고 있었다.

사령관은 애절한 눈빛으로 코스마에게 허락을 구하고 있었다. 자신의 잔에 따뜻한 포도주를 넘치도록 따른 그는 거절하는데도 아랑곳 않고 코스마의 잔에도 포도주를 가득 따라주었다. 그는 나지막한 목소리로 이곳의 문제는 지원이 제대로 안 된다는 데 있으며, 제국은 최상의 자원을 나 몰라라 하고 있다고 꼬집었다. 측량 기술을 가진 노예들을 보내달라고 수차례 편지를 띄웠으나, 결국 초소로 보내진 건 족쇄를 찬 쉰 명의 남쪽발 노예°들뿐이었다.

"그래요, 아시겠어요? 분명히 남쪽발이었다고요! 아시다시피 북쪽발 노예들은 우리랑 보폭이 똑같죠. 하지만 남쪽발 노예들은 전혀 달라요. 보폭이 어디 하루아침에 달라집니까? 아무리 연습을 시켜도 타고난 본성은 어쩔 수 없더군요."

그뿐이 아니었다. 노예들은 석 달도 채 안 되어 죄다 죽어버렸다. 잘 걷지도 못할 뿐더러 걷는 자세도 삐뚜름해 보폭에 의한 측량은 꿈도 꿀 수 없었다. 게다가 노예들은 이곳의 기후를 잘 견뎌내지 못했다.

"여기 날씨가 참기 어렵다는 것은 잘 알고 있습니다. 하지만 모

° 측량 기구가 없던 시절, 사람의 보폭은 길이와 거리를 재는 매우 중요한 수단이었다. 사령관의 말에 따르면 남쪽발 노예들은 보폭이 일정치 않고 잘 걷지 못하는 데다 환경 적응력이 떨어져 측량 기술자로 쓰기에는 부적절하다.

두들 서서히 적응해가게 마련인데……. 아, 참! 어디까지 했더라? 맞아, 그렇지! 사막의 측량에 대해 얘기하던 중이었죠? 어쨌든 국경의 길이는 제 계산법에 따르면 대략…….”

하지만 코스마는 이미 자리를 뜬 뒤였다. 사령관은 얼이 빠진 듯 몇 마디를 더 중얼거리더니 그릇과 지도를 한쪽으로 밀쳐놓고는 그대로 식탁 위에 쓰러졌다. 그러고는 머리를 두 팔로 감싸 안은 채 깊은 잠에 빠져들었다.

동이 트기도 전에 일어나 머리를 빗고, 옷을 챙겨 입고, 장화까지 신은 코스마는 부관을 시켜 길 안내인을 깨우라고 명했다. 사령관은 아직도 잠기운이 덜 가신 부스스한 모습으로 나타나 코스마에게 사과의 말을 우물거렸다. 코스마의 얼굴에는 짜증스러운 빛이 역력했다. 하지만 사령관은 계속 말을 이었다.

"귀찮게 해서 죄송합니다. 높은 자리에 계시는 분들이 이곳을 찾는 경우가 거의 없다 보니 그만……. 여긴 참 견디기 힘든 곳입니다. 사람을 한없이 우울하게 만드는 요상한 날씨에, 비에 젖어 번들거리는 바위 때문에 미끄러져서 이빨이 부러지거나, 노새들이 발을 삐끗해 다치는 경우도 다반사죠. 갓 구운 신선한 빵을 맛보는 것도 어려운 일입니다. 늘 딱딱하게 굳은 빵으로 때워야 합죠.

매서운 겨울바람은 밤낮으로 피부를 할퀴어댑니다. 벌써 오래전에 없어졌어야 할 석질인들의 음험한 짓거리들은 또 어떻고요!"

부관이 길 안내인을 데리고 코스마 곁으로 다가왔다. 안장 위에 훌쩍 올라탄 코스마는 소나기처럼 쏟아지는 사령관의 말들을 털어내기라도 하려는 듯 어깨를 몇 번 세차게 흔들고는 큰 소리로 문을 열라고 외쳤다. 짐을 실은 노새들이 앞으로 나아가기 시작했고, 일행은 곧 바위 뒤로 사라져버리고 말았다.

'모래 늪에나 빠져버려라!'

화가 난 사령관은 악담을 퍼부었다.

일행은 모두 셋이었다. 말을 탄 코스마와 그의 부관, 그리고 노새의 고삐를 쥐고 스무 걸음 걸을 때마다 침을 뱉는 이상한 길 안내인. 길 안내인이 침 뱉는 소리와 딸그락거리는 노새의 발굽 소리를 제외하면 사방은 쥐 죽은 듯 고요했다. 코스마는 초소에서 말을 타고 열흘쯤 가면 나오는 서른두 개 큰 바위라는 장소에서 석질인들과 만나기로 했다. 그의 옷차림은 매일 아침 나무랄 데 없이 깔끔했고, 서두르라고 하거나 감히 대꾸할 수 없는 단호한 어조로 명령을 내리는 것 외에는 전혀 말을 하지 않았다. 또한 그는 자신이 내린 명령이 재빨리 실행에 옮겨지기를 바랐다. 코스마는 사막이 진저리가 날 만큼 싫었고, 지금 자신이 수행하는 임무가 매우 우스꽝스러운 짓이라고 생각했다.

 닷새쯤 지나자 이상하게도 말과 노새 들이 날카로워지기 시작했다. 길 안내인은 석질인들이 멀리서 따라오고 있거나, 가까운 데 숨어서 엿보고 있기 때문이라고 주장했다. 그 뒤로 여러 날 동안 안개가 사방을 하얗게 뒤덮었다. 일행은 야영을 하면서 안개가 걷히기를 기다렸다. 어느 날은 아침에 퀴퀴한 냄새가 진동했는데, 코를 킁킁거리던 안내인은 석질인들에게서 나는 지저분한 냄새라며 흥분을 감추지 못했다. 코스마는 여행이 자꾸 늦어지는 것이 못 견디게 짜증스러웠다. 그는 제국에 보낼 편지를 쓰려고 이불 속으로 기어 들어갔다. 하지만 마땅히 쓸 말이 생각나지 않았다. 시간이 흐른다는 것 외에는 아무런 변화도 없는, 온통 안개뿐인 이 하얀 감옥에 대해 대체 뭐라고 써야 한단 말인가!

 마침내 안개가 걷혔고, 그들은 서른두 개 큰 바위로 발걸음을 재촉했다. 서른두 개 큰 바위는 그곳 사람들이 사막이 시작되는 관문으로 여기는 곳이었다. 하지만 일행은 열흘이나 늦게 약속 장소에 도착했고, 석질인들은 이미 자취를 감춘 뒤였다.

 "그들은 늘 이런 식이죠. 이제 다음번 달이 뜨기만을 기다리는 수밖에 없어요."

 안내인은 투덜거렸다.

"어째서 그래야 하지? 나는 분명히 여기에서 그들과 만날 약속을 했다. 약속을 지키지 못하게 됐으면 밀사라도 보내 미리 알려줬어야지. 제국의 대사를 기다리게 하는 법이 세상에 어디 있단 말인가?"

코스마가 볼멘소리를 하자 안내인이 뚱한 얼굴로 덧붙였다.

"예, 그렇습니다. 하지만 늦은 건 그들이 아니라는 걸 알아두세요. 석질인들은 그들 마음대로 안개를 내리기도 한답니다. 이제 그들은 달이 뜰 때까지 코빼기도 안 내밀 거예요. 이게 석질인들의 방식이죠. 늘 이런 식으로 멋대로 행동한다니까요."

"다음 달이 뜰 때까지 기다리기엔 식량이 모자라요. 지금 당장 돌아간다면 별 탈 없이 초소에 닿을 수 있을 겁니다."

부관이 이렇게 말했지만 코스마는 부관의 말에 귀를 기울이지 않았다. 이대로 물러나기엔 도저히 자존심이 허락하지 않았다. 화가 난 그는 모자를 땅바닥에 집어던지며 소리쳤다.

"좋다. 원한다면 떠나거라. 하지만 나는 여기 남겠다. 먹을 것과 짐을 실을 노새 세 마리만 두고 가라. 기다리다 보면 언젠가는 나타나겠지."

부관과 길 안내인은 코스마가 말한 대로 먹을 것과 노새 세 마리만 남겨두고 왔던 길을 되짚어 가버렸다. 혼자 남은 코스마는 달이 뜨기만 기다렸다. 하루, 이틀, 사흘, 닷새…… 날씨는 여전히 추웠고, 매일 저녁 쉬지 않고 바람이 불어댔다. 바람 때문에 서른두 개 큰 바위가 애처롭게 흐느끼는 소리를 냈다. 코스마는 무서웠지만 한편으로는 폭풍우가 불지 않는 것에 감사했다. 만약 폭풍우가 불어 이 괴상망측한 바위들의 흐느낌이 격렬한 울부짖음으로 뒤바뀐다면 얼마나 무서울 것인가. 두려움에 시달리던 코스마는 마침내 그곳을 떠나기로 결심했다.

서른두 개 큰 바위를 떠나 사막을 향해 다시 걷기 시작한 바로 그날, 코스마는 처음으로 석질인들과 맞닥뜨리게 되었다.

말이 먼저 흥분하여 뒷발로 섰고, 노새 한 마리가 도망치듯 내달리는 통에 고삐를 잡고 있던 코스마는 하마터면 땅바닥에 곤두박질칠 뻔하였다. 코스마는 바위 위로 올라가 지평선을 자세히 살펴보았다. 아래쪽에서 수상한 공기의 흐름이 느껴졌지만 딱히 이상한 것은 보이지 않았다. 그런 코스마의 눈에 사막의 바위들이 조금씩 움직이는 것이 보였다. 그는 눈살을 찌푸리며 중얼거렸다. "바로, 저거야!" 곧이어 '그것들'이 코스마를 향해 다가왔다. 한발 한 발, 알아챌 수 없을 만큼 천천히, 사각사각 긁는 소리를 내면서, 때로는 거대한 돌더미가 와르르 무너지는 듯한 거칠고 둔탁한 소리를 울리면서.

아주 오래전부터 절대 떨거나 놀라지 않으리라 다짐했건만 막상 닥치고 보니 온몸에 저절로 소름이 돋았다. 석질인들은 코스마가 여태까지 본 것들 중에 가장 흉측했으며, 걸음걸이 또한 보는 이를 공포에 질리게 할 만큼 무겁고 처절했다. 코스마가 책에서 본 석질인들의 그림은 비교할 것이 못 되었다. 그들은 마치 까마득한 선사시대의 바위 괴물 같았다. 석질인들이 점점 더 가까이 다가오자, 코스마는 멀리 도망쳐버리고만 싶었다. 그의 콧속으로 구역질이 날 만큼 메스꺼운 파충류 냄새가 확 끼쳤기 때문이다.

거대한 돌거북의 등에 탄 석질인들은 심드렁한 눈빛으로 코스마를 뚫어져라 바라보면서 그의 주위를 에워싸기 시작했다. 무거운 외투 때문에 마치 돌로 된 갑옷을 입은 것처럼 보였다. 그들 중 하나가 알아들을 수 없는 이상한 말로 두세 마디 떠들더니 이내 코스마에게 한 장의 편지를 내밀었다.

편지는 코스마와 만나기로 한 바로 그 사람의 것이었다. 석질인들은 제국의 대사인 코스마에게 짐을 챙겨 돌거북에 올라탈 것을 권했다. 말이나 노새 따위로는 도저히 사막을 건널 수 없기 때문이었다. 코스마는 그들의 말을 믿고 싶었다. 실제로 코스마가 타고 온 말은 다리를 절었고, 노새의 발굽은 닳을 대로 닳아 있었다. 코스마는 하는 수 없이 말과 노새 들을 포기했다. 하지만 석질인들이 끈덕지게 손으로 가리킨 때에 절은 외투와 모자는 끝까지

쓰지 않았다. 석질인들은 어깨를 으쓱했고, 코스마는 그 몸짓이 자신을 향한 빈정거림이라고 잘못 생각했다.

　석질인들과의 사막 여행은 지루하기 짝이 없었다. 매일매일 똑같은 날들이 커다란 돌거북의 느린 발걸음처럼 더디게 흘러갔다. 그는 서둘러주기를 바랐지만, 석질인들은 아예 코스마의 존재를 잊어버린 듯 굴었다. 그들은 말없이 계속 앞으로 나아가기만 했다. 그 속도가 너무 느려 코스마는 가끔씩 제자리걸음을 하는 건지, 앞으로 나아가고 있는 건지 의심스러울 정도였다.

　그들은 야영을 할 때마다 딱딱한 치즈 조각으로 만든 목걸이를 끌러 깨물어 먹었다. 하지만 코스마는 그것을 미지근한 물에 불려서 먹어야 했다. 밤이 되면 그들은 무리를 지어 잠이 들었고, 동이 채 트기도 전에 일어나 다시 갈 길을 재촉했다. 그들과 사막을 건너는 동안 발생한 유일한 사건은 우박 섞인 비가 믿을 수 없을 만큼 세차게 내렸다는 것뿐이었다. 코스마는 석질인들이 왜 그렇게 외투와 모자를 줄기차게 입으라고 했는지 그제야 깨달을 수 있었다. 우박 비가 퍼붓자 사람이나 짐승이나 할 것 없이 죄다 각자의 딱딱한 껍질 속으로 몸을 오그라뜨렸다. 그나마 외투와 모자가 손이 금방 닿는 곳에 있어 다행이었다.

두 달쯤 흘렀을까. 둥근 바위들이 널린 사막을 건너자 이번에는 바위들이 날카로운 톱니와 바늘처럼 뾰족뾰족하게 솟은 사막이 나타났다. 석질인들은 아주 능숙한 솜씨로 날카롭기 짝이 없는 바위들 사이를 용케 빠져나갔고, 이내 샘이 있는 마을에 당도했다. 샘에는 따뜻한 물이 고여 있었고, 코스마는 무뚝뚝하기 짝이 없는 석질인들보다 훨씬 더 사람처럼 느껴지는 원숭이들과 함께 기분 좋은 목욕을 즐겼다. 하지만 그리 오래 머물지는 않았다. 석질인들은 다시 서둘러 길을 떠났고, 몇 차례의 비바람에 시달렸으며, 모양과 색깔이 다를 뿐 여전히 바위투성이인 사막을 통과했다.

석질인들의 피부는 진한 갈색이었고 체구도 자그마했다. 그들은 가끔씩 넓은 모자 그늘 아래로 섬광 같은 눈빛을 내쏘곤 했다. 물속에서 빛나는 조약돌처럼 차갑고도 윤기가 흐르는 눈빛이었다. 그들의 손톱과 치아는 돌처럼 단단했다. 물리기라도 하면 손목이 통째로 잘려나갈 것만 같았다. 뭐니 뭐니 해도 석질인들의 가장 특이한 재주는 끈기였다. 돌거북의 등에 한번 올라가면 좀처럼 내려오는 법이 없었고, 추위와 바람, 심지어 쏟아지는 우박에도 무감각했으며, 하루 종일 말도 거의 하지 않았다. 알아들을 수 없는 언어로 뭔가를 중얼거릴 때에만 '아, 맞다. 나무 조각상이 아니라 살아 움직이는 사람이었지!' 하고 무릎을 칠 정도였다.

석질인들은 돌거북의 등에 한번 올라가면 좀처럼 내려오는 법이 없었고, 하루 종일 말도 거의 하지 않았다.

석질인들은 욕심이 없고 소탈한 성격이었다. 개인이 소유한 물건이라고는 거북한테 길을 가리킬 때 쓰는, 구부러진 돌이 달린 지팡이와 조개껍질과 짐승의 뿔 등으로 만들어 장기판에서 말로 쓰는 작은 모형들이 들어 있는 가죽 주머니가 전부였다. 또한 코스마는 그들이 천연 자석 같은 것을 이용해 안개 속에서 방향을 잡는 것을 볼 수 있었다. 유심히 살펴본 결과, 그 자석은 언제나 북쪽을 가리켰다.

그들은 모든 게 느렸지만 그렇다고 게으르거나 무기력해 보이지는 않았다. 오히려 세심한 엄격함이 더딘 움직임들을 지휘하고 있는 듯했고, 가슴속 어딘가에 태풍의눈 같은 거대한 폭발력을 잠재우고 있는 듯 보였다. 가끔 코스마는 석질인들이 거북의 신경을 갖고 있는 건 아닌가 하는 착각을 했다. 그들이 관심을 보이는 것이라고는 육중한 발을 천천히 들어 올려 조금 더 떨어진 곳으로 묵직하게 옮겨놓는 것뿐이었다. 그 움직임은 느리지만 매우 분명했다.

그들은 코스마에게 관심을 보이지도 않았지만 적대감을 드러내지도 않았다. 급기야 코스마는 자신이 초대받은 사람인지 아니면 끌려가는 죄수인지 헷갈릴 지경에 이르렀다. 어떨 땐 하찮은 짐보따리가 된 기분이 들기도 했다. 코스마는 자신보다 이십 년 먼저 석질인들을 찾아 떠난 학식이 풍부한 자를 만나지 못할까 봐 몹시 초조했다.

반짝이는 조약돌처럼 달빛이 환한 밤, 마침내 코스마는 석질인들의 마을에 도착했고, 처음으로 석질인들의 가족을 볼 수 있었다. 어린아이들이 느릿느릿 장난을 치고, 불 주위를 분주하게 돌아다니는 여자 석질인들도 있었다. 코스마는 그들에게서 아름다움을 찾아내려고 애썼지만 정말이지 그건 부질없는 일이었다. 한쪽에서는 고삐를 벗어던진 거북들이 거친 풀을 뜯어 먹느라 정신이 없었다. 그중 한 놈은 머리에서 발끝까지 온통 눈처럼 새하얬는데, 몸집이 엄청나게 큰 것으로 보아 수놈이 분명했다.

코스마는 석질인들이 모여 있는 곳으로 갔다. 여기저기에서 장기판이 벌어졌고, 장기판을 동그랗게 에워싼 구경꾼들 중에서 가끔씩 훈수가 터져 나오기도 했다. 아무도 코스마에게 관심을 보이지 않았다. 힐끗거리는 사람도, 누구인지 궁금해하는 사람도 없었다. 불쾌해진 코스마는 속으로 투덜거렸다. '외국인은 사람도 아닌가?' 인내심이 한계에 다다른 그는 마침내 버럭 소리를 지르고야 말았다.

"당신들은 당신들과 다르게 생긴 내가 신기하지도 않소? 그게 하나도 흥미롭지 않단 말이오? 허 참, 내 말이 들리기는 하는 건

지 원. 다시 말하지만 난 당신들과 다르오! 당신들한테선 거북의 악취가 진동한단 말이오!"

바로 그때, 등 뒤에서 푸근한 목소리가 들렸다.

"침착함을 유지하기가 힘들지요? 내가 바로 당신이 찾는 리탕드르입니다."

이 말을 듣자 코스마의 눈가에 이슬이 맺혔다. 그는 땅바닥에 주저앉아 무릎 사이에 얼굴을 묻었다.

"석질인들이 당신을 인정한 것 같습니다. 당신은 내가 이곳에 온 이후 처음으로 석질인들의 마을까지 온 이방인입니다. 솔직히 말하자면, 나는 당신이 이처럼 일찍 도착하리라고는 상상도 하지 못했습니다. 저들이 당신을 서른두 개 큰 바위에서 만난 뒤, 적어도 일 년이나 이 년 정도는 더 돌아다니게 할 거라고 생각했으니까."

"일이 년이나요?"

"석질인들이 당신한테 익숙해지기 위한 시간이죠. 어쨌거나 나를 위해 험난한 여정을 잘 견뎌준 당신께 감사드립니다. 더운물이 나오는 샘과 삼천 개의 바늘 바위, 자갈 바다를 모두 겪어내는 사람은 그리 많지 않습니다."

"어떻게 제가 지나온 길을 그리 잘 아십니까? 저는 지금 막 도착했을 뿐인데."

"땅 위의 흔적들을 해독할 줄 아는 사람들이 있지요. 석질인들처럼요. 그들은 거북 등에 나타난 미세한 변화들을 아주 정확히 읽어냅니다. 줄무늬는 물론 등딱지의 물때조차 그들에겐 매우 중요한 부호가 되지요. 당신이 지나온 길은 거북의 등에 고스란히 새겨져 있습니다. 여행의 과정을 알아내려면, 거북의 등을 한번 훑어보는 것만으로도 충분합니다."

"놀랍군요. 하지만 그건 내가 원하는 대답이 아닙니다. 무슨 이유로 당신이 국경 초소에 전갈을 보내 나로 하여금 서른두 개 큰 바위로 가게 했는지 말씀해주시오."

"난 석질인들과 삼십 년 넘게 친분을 유지해왔소. 당신 나이쯤엔 이미 사막에서 두 번의 겨울을 보냈죠. 제국은 변방에 사는 이들에게 관심을 보이지 않았소. 왜냐하면 이들은 위험하지도 않았고, 이용 가치도 전혀 없었으니까. 그 결과 두 민족은 서로 무관심한 채 세월을 보내고 있었소. 단지 우호적인 관계를 유지하기 위해 매년 서른두 개 큰 바위에서 선물을 교환할 뿐이었죠. 제국의 관료들은 그러한 관계를 발전시키기 위해 애쓰지 않았소. 그러기에 사막은 지나치게 넓고 황량했다오. 그건 석질인들도 매한가지였소. 그들은 날치기, 야만적인 짐승, 느려터진 영혼이라 불리는 것에 불만을 터뜨리지 않았소. 그래야만 바라는 대로 조용히 살

수 있으니까."

"당신 말대로라면 모든 게 최선이군요. 제국의 그 누구도 이 자갈 투성이 나라에 이의를 제기할 생각은 없을 테니까요. 만약 당신이 걱정하는 게 사막 둘레에 성벽을 쌓는 사령관의 계획이라면……."

"아니, 아니오. 그건 절대 아니오. 나 역시 사령관이란 자가 십오 년 동안 사막 둘레에 성벽을 쌓을 계획을 품어왔다는 것을 알고 있소. 하지만 그는 절망과 무료함에 빠지지 않으려고 엉뚱한 공상에 매달리는 불쌍한 사람일 뿐이오."

"그렇다면?"

"석질인들은 겉으로는 무사태평해 보이지만 가슴속엔 불안함을 숨기고 있소. 그들은 사막이 모든 것을 파괴하리라는 것을 잘 알고 있습니다. 공간은 물론 시간까지도. 다시 말하자면 언젠가 아무런 흔적도 없이 사라져버릴까 봐 두려운 게요. 첫 여행에서 그들은 날 이리로 데려왔소. 내가 글을 쓸 줄 안다는 걸 알았기 때문이죠. 서른두 개 큰 바위에서 만났을 때 날더러 자신들의 역사를 기록해달라고 하더군요. 그 역사책이 제국의 중앙도서관에 보관되기를 바란다면서요."

"그렇군요. 그럼 지금 당장 그 책을 가지러 갑시다."

코스마가 말했다.

"서두르지 마시오. 아주 재미있는 일이 벌어질 테니까. 자, 가까이 가봅시다."

학식이 풍부한 자와 코스마가 이런저런 이야기를 주고받는 동안 석질인들은 커다란 모닥불 주위에 하나둘 모여 앉았다. 그들 중 누군가가 말문을 터뜨렸고, 나머지는 그의 말에 귀를 기울이고 있었다. 그는 여태까지 본 이야기꾼들 중에서 가장 구슬픈 목소리를 내는 사람이었다. 이야기꾼은 청중들의 주의를 끌기 위해 과장된 몸짓을 보이지도, 억양을 높이지도, 눈빛을 불태우지도 않았다. 그는 무덤덤한 어조로 거칠고 투박한 말들을 하나하나 또박또박 늘어놓을 뿐이었다.

리탕드르는 귀 기울여 석질인들이 하는 말을 듣고 있었다. 코스마는 전혀 이해할 수 없는 언어였기에, 혹시 리탕드르가 석질인들의 이야기에 적당히 다른 말들을 덧붙여 기록한 것은 아닐까 하는 의구심이 들었다. 어쨌든 그들의 말은 지금껏 들어본 언어 중, 가장 괴상망측한 발음과 소리로 표현되는 언어였다. 청중은 아무런 반응이 없었다. 오히려 의기소침해 있는 것 같았다. 혹시 졸고 있는 것은 아닐까 생각했으나 그건 아니었다.

그러던 중, 청중 중 하나가 갑자기 커다란 충격을 받은 것처럼 마구 소리를 질러댔다. 그러고는 앞선 이야기꾼의 말을 이어받았

이야기꾼은 무덤덤한 어조로 거칠고 투박한 말들을 하나하나 또박또박 늘어놓을 뿐이었다.

다. 그 사이, 움직이는 사람은 단 하나도 없었다. 잠시 후에 다른 사람이 미친 듯이 소리를 지른 뒤 이야기를 이어갔고, 그 뒤에 또 다른 사람이 뒷이야기를 이어갔다. 불 주위에 모인 사람들은 마치 신들린 듯 밤새 그렇게 차례로 이야기를 이어받았다.

"정말 놀랍지 않습니까?"

리탕드르가 말했다.

"조는 것 같던 사람들이 뭐에 자극을 받아 그렇게 소리를 질러 댔는지 도통 이해가 안 되는군요."

코스마가 대답했다.

"당신이 여기에서 들은 것은 간단히 말하자면 석질인들과 바위투성이 사막에 관한 역사입니다. 그 역사는 한 사람 한 사람이 경험한 아주 특별한 순간을 담고 있기 때문에 진정한 감동을 주는 것이지요. 그런 이유로 번갈아가며 이야기를 이어갔던 것이고요……."

"당신이 기록한 것이 바로 그 이야기입니까?"

"그 이야기는 석질인들의 숫자만큼이나 많소. 한 사람 한 사람이 책 한 권 분량의 이야기를 지니고 있죠. 그것들을 기록으로 남기기 위해 이십 년이란 세월을 바쳤습니다. 이젠 좀 쉬죠. 책은 내일 보여줄 테니."

다음 날 그들은 꼬박 세 시간 동안 걸어서 구멍이 숭숭 뚫린 사암동굴로 이루어진 산악지대에 도착했다. 가장 큰 동굴 속에는 매끄러운 돌로 만든 호리병 모양의 작은 돌 항아리들이 수천 개가량 보관돼 있었다.

"놀랍죠?"

리탕드르가 책을 보여주며 미소지었다.

"석질인들은 제 필기 속도에 감탄했습니다. 하지만 종이의 내구성에 대해서는 걱정을 하더군요. 그래서 이렇게 껍질들을 만들어 책자를 보관하게 된 것이지요."

코스마는 망연자실했다.

"가져가야 할 것이 바로 이것들이오. 바로 석질인들이 다른 인간들에게 주는 선물이지요. 그리고 이 모든 일은 미리 예정된 것이라오."

리탕드르의 말은 계속 이어졌다.

"석질인들은 우선 역사책을 싣고 사막을 횡단하는 의식을 치를 것이오. 책들이 사막에서 완전히 멀어지기 전에 사막 이쪽에서 저쪽 끝까지 통과하는 것이지요. 하지만 안심하십시오. 그 의식의 가장 중요한 부분은 이미 완수되었습니다. 나머지 길은 내가 당신과 함께 갈 것이오. 언제 떠나고 싶소?"

"가능한 빨리요!"

"조바심, 언제나 조바심이 문제를 일으키지요."

며칠 지나지 않아 제국으로 떠나기 위한 행렬이 꾸려졌다. 석질인들은 가장 튼튼한 거북 백여 마리를 골라 자신들의 역사책을 실었다. 리탕드르가 코스마에게 신호를 보냈다.

"이것은 당신에게 주는 선물입니다."

전에 보았던 커다란 백색 거북이었다. 그 선물이 코스마의 어깨를 으쓱하게 해주었다. 코스마는 석질인들에게 감사의 마음을 전했으나 반응은 여전히 썰렁했다.

코스마는 거북을 모는 것이 힘과 집중력이 필요한 매우 어려운 기술임을 알게 되었다. 거북은 느리기만 한 것이 아니라 힘도 세고, 놀랄 정도로 고집이 센 동물이었다. 그는 오랜 시간이 지나서야 거북의 리듬에 맞춰 천천히 가는 것이 최선의 방법임을 깨달았다. 그러기 위해서는 거북과 한몸이 되어 비몽사몽의 반수면 상태를 유지하는 것이 필요했다. 그의 머릿속에서 이런저런 상념들이 줄달음쳤고, 마음은 점점 더 평화로워졌다. 그건 이제껏 경험하지 못한 매우 신비한 느낌이었다. 길을 가는 내내 그는 사막에 감사했다. 겉으로 드러난 단조로움 뒤에 숨겨진 황홀함에 흠뻑 취했기 때문이다. 우박 섞인 비바람은 그를 단련시켰고, 전혀 알아들을 수 없었던 석질인들의 언어도 어느덧 조금씩 익숙해졌다.

그들의 언어는 자갈이 강바닥을 구를 때 나는 소리처럼 단단하면서도 경쾌했다. 야영지에 도착하자 석질인들은 책은 모름지기 "땅에서 자야 한다."며 돌껍질로 싼 역사책을 거북의 등에서 끌어내렸다. 코스마는 석질인들과 장기도 두었는데, 장기 한 판이 일 년 반 동안 계속 이어진 적도 있었다. 그는 단 한 번도 석질인들을 이기지 못했다.

어느 날, 코스마가 석질인들의 느린 천성에 대해 새삼스레 놀라움을 표시하자, 리탕드르가 모래밭을 돌아다니는 새 하나를 가리켰다. 깃털이 아름다운 그 새는 단단한 부리로 돌을 헤집어 먹이를 잡아먹는, 땅 파는 펠리컨이었다. 땅 파는 펠리컨은 몇 발자국 다가갈 때는 모르는 체 가만히 있다가도, 위험이 코앞에 닥치면 순식간에 자신의 껍질 속으로 몸을 숨기는 비상한 재주가 있었다. 껍질 속에 몸을 숨긴 땅 파는 펠리컨의 모습은 마치 꼭 닫힌 조개껍질처럼 보였다.

리탕드르가 옆에 있는 석질인을 돌아보며 짧게 한마디 했다. 십오 미터쯤 떨어진 곳에서 펠리컨 한 마리가 코스마 일행을 탐색하고 있었다. 눈 깜짝할 사이에 한 석질인의 새총에서 돌이 발사되었고, 그 돌은 정확히 새의 머리를 맞추었다. 그 모습을 본 리탕드르는 폭소를 터뜨렸고, 돌을 발사한 석질인은 언제 그런 일이 있었냐는 듯 평소의 느리고 표정 없는 상태로 되돌아가 있었다.

　학식이 풍부한 자는 서른두 개 큰 바위에서 작별을 고한 뒤 코스마를 껴안았다. 그는 코스마에게 책을 짊어진 백 마리 거북 무리의 지휘를 맡겼다. 오십 명의 석질인들이 그를 따랐다. 국경이 가까워오자 코스마는 기쁨에 들떠 어찌할 줄 몰라 했다. 초소의 얼빠진 사령관을 다시 만나야 한다는 사실을 빼고는 모든 것이 즐거웠다. 신이 난 그는 거북 등에서 내려 여전히 느리게 걷고 있는 석질인들의 발걸음을 재촉했다. 코스마가 하도 급하게 서두르는 바람에 시간은 예상보다 사흘이나 빨라졌다. 하지만 일행은 곧 다시 사흘을 지체했다. 이렇게 앞서가면 영혼이 따라오지 못한다는 석질인들의 항변 때문이었다. 할 수 없이 코스마는 동행한 석질인들이 자신들의 뒤처진 영혼을 기다리는 것을 가만히 지켜볼 수밖에 없었다.
　코스마가 영원히 사라진 것으로 생각했던 사령관과 병졸 들은 무사히 돌아온 코스마를 보자 놀란 입을 다물지 못했다. 하지만 기쁨도 잠시, 말과 노새를 위협하고 고약한 냄새를 풍기는 거북과 석질인 일행은 사령관을 몹시 흥분하게 만들었다. 사령관은 초소 안에 석질인들을 들이는 것을 단호히 거부했다.

 코스마는 오래 머물지 않고 서둘러 다시 길을 떠났다. 하지만 마을마다 성문이 굳게 닫혀 있어 통과하는 데 여간 애를 먹은 게 아니었다. 어떤 마을에서는 그들이 지나가는 것을 구경하기 위해 사람들이 떼를 지어 길을 막기도 했다. 사람들은 석질인들이 이상한 짐승이나 되는 듯 흘겨보았고, "이가 득실거리는 더러운 원시인들한테 책장을 비워주다니!" 하고 소리를 질러댔다.

 드디어 일행은 도시에 들어섰다. 역시나 성문은 굳게 닫혀 있었다. 성벽 아래에는 군인들이 진을 치고 있었고, 코스마를 찾아온 관리는 야영을 하려거든 하수구 근처에서 하라며 으름장을 놓았다. 코스마는 부끄러워 얼굴이 화끈거렸다. 하지만 석질인들은 아무런 반응도 보이지 않은 채 동상처럼 우두커니 서 있기만 했다. 이 외에도 크고 작은 사건들이 연속해서 일어났다. 사람들은 코스마 일행이 다리를 지나지 못하도록 막았다. 다리가 거북의 무게를 이기지 못해 무너질지도 모른다는 이유에서였다. 거북을 피해 우르르 달아나던 양 떼들이 다치는 바람에 목동에게 피해 보상을 해준 일도 있었다. 먹을 것을 구하기는커녕, 돌팔매질을 당하는 경우도 허다했다. 그래도 이 정도는 사막의 세찬 비바람에 비한다면 참을 만한 것들이었다.

코스마는 석질인들의 신변을 보호해달라는 편지를 여러 차례 써 보냈으나 소용없었다. 사람들의 괴롭힘은 가라앉지 않았고, 소란에 익숙하지 않은 거북들은 가끔씩 급작스레 화를 내며 자신들의 마구를 부숴뜨리기도 했다. 그뿐이 아니었다. 일행은 매일 저녁 역사책을 안전하게 보관할 장소를 찾아야만 했다.

그러던 어느 날 밤, 코스마는 고함 소리에 놀라 잠에서 깼다. 책을 보관한 창고가 불에 활활 타고 있었다. 석질인들은 놀란 거북을 진정시키려 애쓰고 있었고, 조금 떨어진 곳에서는 까닭 모를 증오심에 휩싸인 한 떼의 사람들이 야릇한 미소를 지으며 불타는 창고를 바라보고 있었다. 불은 밤새 계속 타올랐다. 마침내 불씨가 사그라들었을 때, 코스마는 석질인들이 타다 남은 소지품들을 그러모으는 것을 도왔다. 책들은 모두 재가 되었고, 속이 텅텅 빈 돌 항아리들만 여기저기 굴러다녔다. 리탕드르가 전 생애를 바쳐 완성한 역사책이 하룻밤 사이 흔적도 없이 사라져버린 것이다. 상황은 심각했다. 그제야 제국의 장관이 찾아와 석질인들에게 사과 성명을 발표했다. 하지만 석질인들은 그 사과를 받아들이지 않았다. 코스마는 역사책을 보관했던 빈 항아리들을 거북 등에 실은 후, 다시 사막으로 길을 떠났다. 이번에는 제국의 군인들도 코스마와 석질인 일행이 가는 길을 호위해주었다.

한편, 리탕드르는 서른두 개 큰 바위에서 일행을 기다리고 있었다. 바위에 도착한 석질인들은 입을 굳게 다문 채 검게 그을린 빈 껍질만 묵묵히 바라보았다. 그런데 신기한 일이 벌어졌다. 항아리의 표면을 덮고 있는 시커먼 잿가루를 훅 하고 불자 표면에 반지르르 윤기가 흐르는 게 아닌가. 오랜 세월 사막의 길 위에서 돌 표면에 날아와 박힌 수천 개의 미립자들이 불에 구워져서 표면을 마치 유리처럼 반짝이게 만든 것이다. 하지만 그것들이 품고 있던 소중한 책들은 이미 한 줌의 재가 되고 없었다. 그 새삼스러운 사실에 코스마는 털썩 주저앉아 버렸다. 리탕드르는 석질인들이 윤기 나는 껍질들을 서로 나누어 갖는 것을 바라보았다. 그들은 이제 껍질 속에 든 검은 잿가루보다 사막의 비바람이 오랜 세월 새겨놓은 원시적인 글씨를 더 믿는 것처럼 보였다.

"리탕드르, 내 사과를 받아주시오. 당신의 작품이 파괴되는 것을 막기 위해 난 아무것도 하지 못하였소."

코스마가 낮은 목소리로 웅얼거렸다.

"확신할 수는 없지만, 석질인들은 새로운 형태의 책을 더 좋아하는 것 같소. 저걸 좀 보시오. 각자 자신의 것을 알아보는 것 같군요. 윤이 나는 돌들이 내가 적은 글귀보다 한결 더 많은 이야기들을 그들에게 들려주고 있어요. 그들은 이 새로운 책이 세월을 이겨내리라고 믿고 있습니다. 어쨌거나 그들의 생각이 맞습니다. 하지만 제국은 큰 실수를 한 것입니다. 석질인들은 결코 이 모욕을 잊지 않을 것이오. 자, 서른두 개 큰 바위를 보시오."

코스마는 바위를 향해 몸을 돌렸다. 신기하게도 서른두 개 중 한 개의 위치가 바뀌어 있었다. 리탕드르는 계속 말을 이었다.

"서른두 개 큰 바위는 석질인들이 제국을 상대로 수천 년 전에 벌인 장기판입니다. 큰 바위 서른두 개가 장기판의 말이 되는 셈이지요. 두 나라 사이에 어떤 일이 벌어지느냐에 따라 석질인들은 장기판의 말을 이동시킵니다. 책을 보관한 창고에 불이 난 것은 제국이 말 하나를 움직인 것과 같소. 이제는 석질인들이 장기를 둘 차례요. 그들은 이번 사건에 대해 심사숙고한 뒤 꼭 필요한 때에 자신들의 말을 옮겨놓을 것입니다. 제국의 운명이 석질인들의 손에 달려 있는 것이지요. 그들이 복수를 결정한다면 제국이 아무리 튼튼한 성벽을 쌓는다 해도 부질없는 짓이 될 겁니다. 만약 그렇게 된다면 코스마, 당신은 어떻게 하시렵니까? 돌아가겠습니까, 아니면 우리와 함께 가시겠습니까?"

서른두 개 큰 바위는 석질인들이 제국을 상대로 수천 년 전에 벌인 장기판입니다.
큰 바위 서른두 개가 장기판의 말이 되는 셈이지요.

"당신들을 따라가겠소. 말하지 않았지만, 난 사막이 그립소!"

코스마는 두 번 생각할 필요도 없다는 듯 단호하게 외쳤다.

그는 자신의 백색 거북 위로 올라갔고, 마지막으로 서른두 개 큰 바위를 쳐다보았다. 그의 머릿속에 하나의 문장이 떠올랐다. 그것은 그가 학교에서 석질인들에 대해 배운 유일한 말이었다.

"석질인들은 장기를 발명한 자들이다."

거북 방목지인 돌밭에서 젖을 짜는 석질인
바위투성이 사막에 사는 암거북들은 신기하게도 포유류와 비슷한 젖이 나온다. 석질인들은 이 젖으로 그들의 주식인 치즈를 만든다.

말린 치즈 목걸이

석질인들은 죽은 친지를 푸른 거북의 등껍질 속에 눕힌 뒤 땅속에 묻는다. 그러고는 서른두 개의 돌로 울타리를 만들어 그곳이 무덤 자리임을 표시한다. 죽은 사람의 치아는 작은 항아리에 보관하는데, 그렇게 하면 죽은 사람이 생전에 했던 '말들'이 고스란히 간직된다. 석질인 부족들은 가장 큰 마력을 지닌 돌 항아리를 서로 차지하려고 하며, 이는 석질인 부족들이 전쟁을 일으키는 유일한 원인이 되기도 한다.

리탕드르의 책과 돌 항아리

석질인들의 장례식

바위 늑대

땅 파는 펠리컨

석질인들의 외투와 모자

비바람을 피하는 석질인

족쇄를 찬 남쪽발 노예

제국의 마을을 지나는 석질인들

장기 두는 석질인들

장기판의 말들

제국의 사령관과 군인들

· P · 석질인의 사막 —— 209

L'ile Quinookta

어떤 섬들은 드넓은 바다 위에 꽃송이처럼 떠 있으면서 넘실거리는 파도에 향기로운 바람을 실어 멀리까지 보낸다. 뱃사람들은 항해 도중에 그런 섬을 만나기를 고대하고, 배들은 섬에게 인사라도 건네듯 닻을 내린다. 하지만 어딘가에는 수평선 위로 흰 돛단배들이 닿기만을 호시탐탐 노리고 있는 무서운 섬들도 있다.

영롱한 반짝임 · 알바트로스호의 원정 · 평온한 고요 · 선원들의 반란
식인종과의 끔찍한 싸움 · 식인 연회 · 신성한 정원 · 야만인 노파들
공작 나무 · 화산의 분화구 · 키눅타를 바치는 의식 · 브라드보크 선장 이야기

· Q ·
키눅타섬

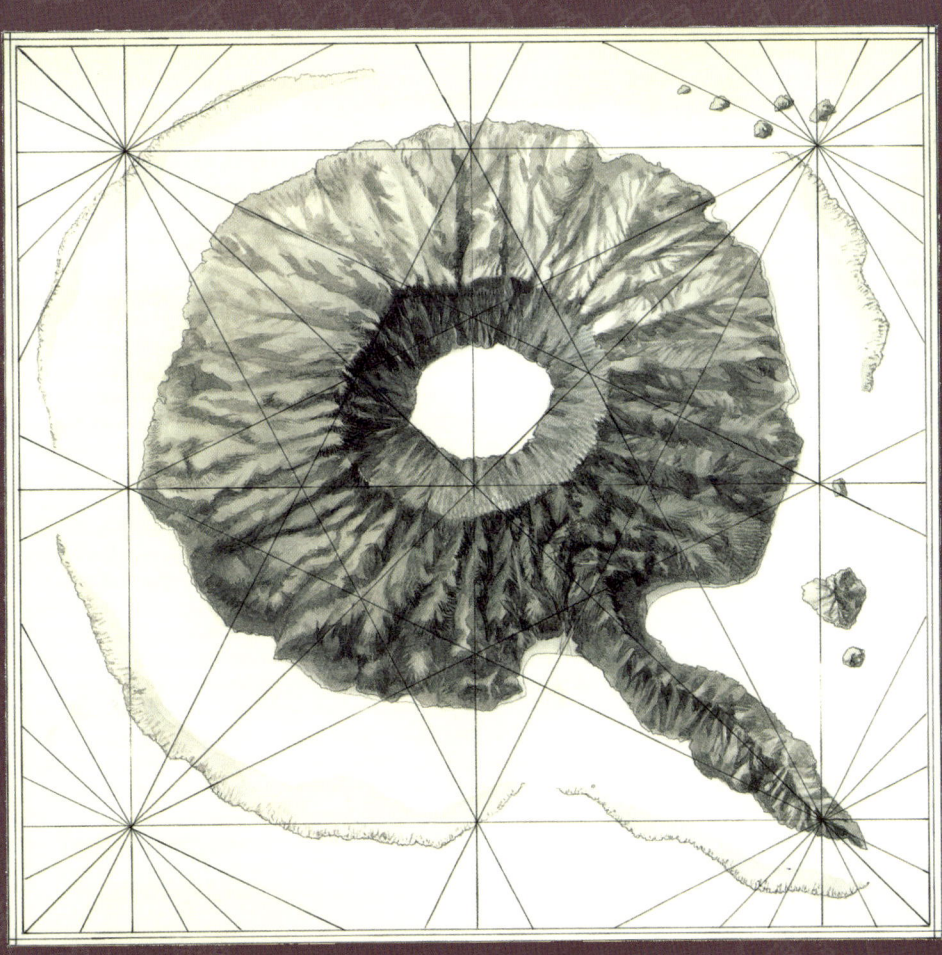

 1월의 어느 잿빛 아침, 거대한 배 한 척이 고래기름을 가득 싣고 남쪽 바다를 항해하고 있었다. 그 배는 몸체가 삼백 톤이 넘고, 향유고래를 사냥하는 데 필요한 장비를 모두 갖춘 알바트로스호였다.

 로니 보좌관의 새벽 근무가 끝나갈 즈음, 이제 막 잠에서 깬 브래드보크 선장이 갑판 위로 올라왔다. 좌측 뱃머리에 선 두 사람은 누가 먼저랄 것도 없이 수평선 너머 길게 늘어서 있는 한 무리의 빛을 발견하고는 눈이 휘둥그레졌다.

 놀란 선장은 서둘러 망원경을 들이댔다. 아주 잠깐이지만, 선장은 투명한 아침 햇살 속에서 무지개 빛깔로 반짝이는 빛무리를 볼 수 있었다. 그는 잘못 본 게 아닌가 싶어 몇 번이고 두 눈을 끔벅거렸다. 하지만 그 영롱한 반짝임°을 다시 보았을 때 그는 확신했다. 분명히 바다 위에 떠 있는 어떤 섬에서 나온 빛이라는 걸. 선장은 모자란 식수를 채울 수 있으리라는 희망으로 힘차게 뱃머리를 돌렸다.

점심 무렵, 알바트로스호는 숲이 우거지고 올챙이 꼬리처럼 길게 튀어나와 있는 한 반도의 해변에 닿았다. 반도는 커다란 둥근 섬에 매달려 있었는데 아무래도 화산섬인 듯 싶었다. 배는 파도와 바람을 피해 남동쪽의 한 포구에 닻을 내렸다. 물을 길어오라는 선장의 명령에 따라 로니 보좌관과 여섯 명의 선원들이 빈 물통을 매단 대형 보트에 몸을 실었다. 강 하구에 보트를 갖다댄 후 땅으로 뛰어내린 로니 보좌관은 검은 모래사장 위에 찍힌 선명한 물길을 따라 발걸음을 옮겼다. 강물은 반도가 시작되는 지점인 움푹 파인 좁은 계곡에서부터 흘러내렸다. 물맛은 짭조름하고 진흙도 많이 섞여 있었다. 로니는 강 상류까지 올라가 맑고 신선한 물을 담아 오기로 마음먹었다. 그는 보트를 지킬 선원 둘을 제외하고, 나머지 넷을 데리고 강 상류로 향했다.

얼마나 걸었을까, 알바트로스호는 곧 시야에서 사라졌다. 보트

○ 공작 나무는 오므리고 있던 나뭇가지를 활짝 펼치면 마치 공작의 꼬리 깃털처럼 아름다운 모양이 된다. 이것이 햇빛을 받으면 무지갯빛으로 영롱하게 반짝이는데, 멀리 바다 한가운데에서 이 빛무리를 본 사람들은 그 영롱함에 끌려 키눅타섬으로 배를 돌린다.

역시 울창한 수풀에 가려져 보이지 않았다. 그들은 낮게 드리워진 나뭇가지에 긁히고, 진흙 구덩이에 무릎이 푹푹 빠지면서 어렵사

리 앞으로 나아갔다. 조금 더 올라가자 진흙땅 대신 소나무와 거대한 양치식물에 둘러싸인 둥근 바위들이 나타났다. 단단한 땅에 발을 딛게 된 일행은 기쁨을 감추지 못했다.

　잠시나마 알바트로스호를 벗어났다는 해방감이 선원들의 긴장을 풀어주었다. 그들은 옷에 묻은 흙탕물을 튀기며 서로 장난을 쳤고, 오랫만에 맡아보는 흙과 나무 향기에 취한 듯 얼굴 가득 환한 웃음을 퍼 올렸다. 선원들의 웃음소리는 그렇게 공중으로 튀어 올라 넓게 펼쳐진 초록색 나뭇잎 천장을 두드렸다. 그들은 아이처럼 즐거움에 들떠 시시덕거리고 있었지만, 한편으로 그들의 얼굴에는 새로운 땅에 대한 가벼운 불안과 알 수 없는 공포가 드러나 있었다.

　로니 보좌관은 선원들의 태평함에 동참할 수 없었다. 로니는 그의 어깨를 짓누르는 보이지 않는 짐을 벗어버릴 수가 없었다. 몇 달 전부터 그는 선원들과 마찬가지로 브라드보크 선장의 지독한 횡포를 겪었기 때문이다. 선장은 교만함으로 자신들을 업신여겼고, 권리와 의무라는 그럴싸한 명목 아래 완력으로 선원들을 짐승 다루듯 했다. 그의 천성적인 잔인함은 한계를 몰랐다. 삼 년 동안, 선장은 갖은 폭력을 일삼았고 그로 인해 알바트로스호는 브라드보크 선장이 군림하는 끔찍한 지옥이 되고 말았다.

　물이 솟아나는 샘터를 찾아낸 로니 보좌관은 물통을 가득 채우도록 명한 뒤 사방을 둘러보았다. 맑은 물이 흘러내려 미역을 감기에 그만이었다. 그는 잠깐이나마 선원들에게 꿀맛 같은 휴식을 주고 싶었다. 혼자서 주변을 둘러보기로 한 로니 보좌관은 천천히 강 주위를 산책했다. 이백 보 정도 걸었을 때쯤, 아주 가까이에서 멧돼지의 울음소리가 선명하게 들렸다. 로니는 방아쇠 위에 손가락을 올린 채 꼼짝하지 않았다. 그러나 놀란 멧돼지는 이미 달아난 뒤였다. 그는 아쉬운 듯 어깨를 한번 으쓱하고는 선원들이 있는 곳으로 돌아왔다. 한참 목욕 중인 선원들의 등과 허리에는 채찍질 자국이 선명하게 남아 있었다.

물통을 가득 싣고 알바트로스호로 돌아온 로니는 브라드보크 선장에게 정찰한 섬에 대해 간단히 보고한 뒤, 반나절 정도만 사냥을 한다면 부족한 식량을 보충할 수 있을 것이라고 말했다. 그러자 선장은 매우 불쾌하다는 듯 악다구니를 써댔다.

"저따위 놈들한테는 썩어빠진 과자 한 줌이면 충분하다고!"

로니는 그의 화가 수그러들기만을 기다렸다. 그는 두 차례 더 섬을 왕복했고, 밤이 되기 직전에야 식수 저장을 완전히 마칠 수 있었다. 브라드보크 선장은 새벽에 출항할 것이라고 말했다.

이튿날, 파도는 잔잔했고 하늘은 바람 한 점 없이 맑았다. 활대[돛 위에 가로로 댄 긴 나무]만이 삐걱거리는 소리를 냈고, 무거운 닻은 여전히 물속 깊이 박혀 있었다. 바람이 불지 않아 출항을 포기한 브라드보크 선장은 화가 머리끝까지 솟았다. 정오가 되자 푹푹 찌는 더위로 인해 손가락 하나 까딱할 수 없을 지경이 됐다. 브라드보크 선장은 선원들을 뜨거운 갑판 위로 집합시킨 뒤, 바닥에 꿇어앉아 연마석으로 갑판 구석구석을 문지르라고 명했다. 땀으로 범벅돼 눈앞이 희미해진 선원들이 가쁜 숨을 헐떡였다. 반면 선원들 사이를 어슬렁거리면서 고래고래 소리만 지르던 선장은 누구든 화풀이를 할 녀석이 걸려들기만을 기다리고 있었다.

그때 그의 발치에서 물통이 엎어졌다. 물통을 엎지른 것은 열네 살짜리 어린 선원인 짐이었다. 평소처럼 브라드보크는 욕을 퍼부으며 이 첫 번째 희생자를 폭행하려고 팔을 들어 올리려다 멈추었다. 내리쬐는 태양 빛을 이용하여 더 그럴싸한 벌을 줘야겠다는 생각이 떠올랐기 때문이었다. 그는 짐에게 벌로 가장 높은 돛 위를 맨손으로 기어갔다 오라고 시켰다. 계속 반복된 형벌에 거의 반죽음 상태가 된 짐이 밧줄 더미 위로 나가떨어지자, 선장은 그제야 만족한 듯 히죽거렸다. 게다가 짐을 돕거나 마실 것을 갖다주는 놈은 더한 벌을 받게 될 거라고 으르렁댔다.

해가 저물었음에도 바람은 여전히 불지 않았다. 다음 날 아침, 선원 셋이 밧줄 더미에 쓰러져 있던 짐을 데리고 자취를 감췄다.

이 사실을 알게 된 브라드보크는 펄펄 뛰었다. 어찌나 악을 써

대는지 그의 이마 위로 솟은 정맥들이 금방이라도 터져버릴 것만 같았다.

"빌어먹을 놈들, 내 너희들의 가죽을 벗겨 무두질을 해주마. 그런 다음 돛대에 매달아 흔들고 다닐 테다, 이놈들아! 내 말이 들리느냐? 누구 덕에 여태 배불리 먹고 살았는데! 네놈들을 반드시 지옥 냄비 속에 처넣고 말 테다!"

그는 온갖 욕설을 다 퍼부으면서 선원들을 쏘아보았다.

"나는 신 다음으로 이 배의 유일한 주인이다. 하지만 네놈들처럼 하찮은 것들을 위한 신은 존재하지도 않는다. 내 배에 탄 이상 네놈들 목숨은 내 손안에 있다! 로니, 선원들을 데리고 가서 그 쓰레기 같은 놈들을 잡아오게. 내 요절을 내줄 테니! 만약 도망치면 인정사정 볼 것 없이 그냥 머리통에 총알을 날려주게!"

로니는 곧 수색대를 꾸렸다. 그러고는 장비를 실은 보트를 타고 해변에 도착했다. 그는 먼저 배와 직각을 이룬 방향을 수색했고, 이어 모래 위에 발자국이 남아 있는지를 살폈다. 북서쪽으로 만이 끝나는 바위 지대까지 수색했지만, 지형 특성상 그곳을 넘어가는 것은 불가능해 보였다. 탈주자들은 조수가 가장 낮을 때 이곳까지 헤엄쳐온 것이 분명했다. 하지만 지금은 만조였고, 아직 바닷물이 들어오지 않은 해변에서도 발자국 하나 눈에 띄지 않았다. 아마도 그들은 더 멀리 헤엄쳐 가서 그 전날 발견한 강의 하구까지 걸어갔을 것이다. 그리고 그들이 남긴 흔적은 파도가 이미 다 지워버렸을 것이다. 고된 노동과 가혹한 벌로 몸이 상할 대로 상한 짐은 지푸라기라도 잡는 심정으로 악착같이 강을 건너 섬 깊숙한 곳에 몸을 감췄으리라. 로니는 이렇게 추측하며 식수를 채우러 온 그날처럼 강줄기를 따라 걸었다.

선원들이 미역을 감던 샘터를 지나자 로니의 머릿속에 그들의 등을 휘감고 있던 채찍질 자국이 떠올랐다. 궁지에 몰린 쥐처럼 더 이상 달아날 곳이 없는 상황에서 택한 도주……. 아, 어찌 그들을 탓할 수 있단 말인가?

로니는 갑자기 멈춰 서서 선원들을 향해 몸을 돌렸다. 그는 자신의 생각을 숨김없이 말하기로 결심했다.

"탈주자들을 따라잡는 건 시간문제다. 짐은 오랜 행군을 견딜 수 있을 만큼 튼튼하지 못하니까. 만약 잡히면 선장이 그들을 가만 놔두지 않을 거라는 걸 알고 있지? 죽이거나 평생 장애를 안고 살도록 만들 거다. 난 그들과 함께 선장에 맞설 생각이다. 너희들은 어떤가?"

놀란 선원들은 서로의 얼굴만 빤히 쳐다보았다. 반란은 곧 조국에서의 추방, 아니면 교수형 중 하나를 고르는 것과 같았다. 설사

로니는 갑자기 멈춰 서서 선원들을 향해 몸을 돌렸다.
그는 자신의 생각을 숨김없이 말하기로 결심했다.

성공한다고 해도 평생 표적이 되어 모항母港도 기항지도 없이, 깃발도 주인도 없이 떠돌아다녀야 한다. 선원들은 한참 머뭇거렸다. 드디어 그들 중 한 명이 입을 열었다.

"나는 로니 보좌관의 말을 따르겠어. 선장이 날마다 우리한테 한 짓을 잊지는 않았겠지? 게다가 선원이 반이나 빈 상태에서는 결코 출항하지 않을 거야. 따라서 우리한텐 어느 정도 시간이 있다고. 동료들을 찾아서 배를 점령하자. 나는 더 이상 노예나 짐승처럼 살고 싶지 않아. 단 하루를 살더라도 사람답게 살겠어."

그들은 이 문제를 표결에 부쳤고, 만장일치로 동의했다.

일행은 물줄기를 따라 걸으며 더욱 열심히 탈주자들의 흔적을 찾았지만, 아무것도 발견할 수가 없었다. 곶의 봉우리에 다다르자 섬의 남동쪽 해변이 눈에 훤히 들어왔다. 섬의 지름은 대략 육십에서 팔십 킬로미터가량 되었고, 반도가 길게 튀어나와 있어 섬은 마치 줄기 끝에서 갈라져 나온 커다란 꽃처럼 보였다. 길게 뻗은 반도의 시작 지점은 양쪽으로 움푹 휘어 들어가 있었고 둥그스름한 해변은 검은 모래로 뒤덮여 있었다.

만의 가장 남쪽 해안에 알바트로스호가 정박 중이었다. 로니는 망원경으로 두 번째 해변도 살펴보았으나 역시 아무런 흔적도 발견할 수가 없었다. 초조해진 그는 소맷자락을 뒤집어 이마에 흐르는 땀을 닦고 목덜미를 문질렀다. 가장 좋은 방법은 강 상류로 계속 올라가는 것이었다. 울창한 나무들 탓에 어둠은 더 빨리 찾아왔다. 일행은 할 수 없이 수색을 중단하고 눈을 붙였다. 하지만 끈덕지게 덤벼드는 파리들 때문에 푹 잘 수도 없었다.

일행은 동이 트기도 전에 일어나 다시 탈주자들을 찾아 나섰다. 찌는 듯한 날씨를 미리 알려주기라고 하듯 아침부터 습한 더위가 몰려와 그들의 목을 타게 만들었다.

하루가 지나도록 아무런 소식이 없자, 브라드보크 선장은 본능적으로 로니의 배반을 알아차렸다. 분노에 휩싸여 이성을 잃은 그는 선원들 중 아무나 한 명을 골라 그를 게으름뱅이라 몰아부친 다음, 다른 선원들이 보는 앞에서 피가 나도록 채찍을 휘둘렀다. 한 대 내리칠 때마다 불쌍한 선원은 고통으로 몸을 떨었고, 형집행자인 선장은 그 목소리가 하늘에 닿을 때까지 욕설과 저주를 토해냈다.

그사이, 로니와 나머지 선원들은 서로 끌어주고 밀어주며 폭포와 바위를 넘어 천천히 상류로 올라가고 있었다. 곳곳에 나 있는 작은 골짜기들은 가시덤불로 뒤덮여 있거나 무너진 흙더미들로 막혀 있어 뚫고 가기가 여간 힘이 드는 게 아니었다.

반도의 끝까지 기어 올라간 그들의 눈에 알바트로스호가 보였다. 위에서 내려다본 알바트로스호는 부드러운 벨벳 천에 못박힌, 작고 쓸모없는 곤충처럼 보였다. 하지만 이상하게도 지옥 같은 알바트로스호에서 멀어지면 멀어질수록 오히려 더 깊은 함정 속으로 걸어 들어가는 기분이었다. 마치 인간의 것이 아닌 무자비한 어떤 시선이 그들을 노리면서 점점 가까이 다가오기만을 기다리는 것 같았다. 그 시선은 땀처럼 축축하게 달라붙었고, 지쳐서 헐떡이는 일행의 숨소리까지 모두 듣고 있는 것만 같았다. 로니와 선원들은 총을 꽉 움켜쥔 채 갑자기 방향을 바꾸어 걸어보기도 했으나 아무 소용이 없었다. 알 수 없는 불안과 공포는 점점 더 그들을 옥죄어왔고, 그렇게 강 상류를 헤매던 일행은 난생처음 보는 끔찍한 몰골의 야만인들에게 둘러싸여 있음을 깨달았다.

알바트로스호에서는 아무 일도 일어나지 않았다. 모든 것이 고요하기만 했다. 하지만 침묵은 로니 일행의 빈자리를 더욱 크게 만들었다. 브라드보크는 반란자들을 섬에 버려두기로 마음을 굳혔고, 하루라도 빨리 이곳을 벗어나기 위해 바람이 불어주기만 기다렸다. 그는 장전한 권총을 허리띠에 차고 하늘에서 지글지글 타고 있는 붉은 햇덩이를 가리키며 있는 대로 저주를 퍼부었고,

알바트로스호의 돛을 뱃머리에 걸린 손수건보다도 쓸모없는 천 조각이라고 깎아내리며 신경질적으로 갑판 위를 걸어 다녔다. 그는 선원들에게 밤낮으로 배 주변을 감시하도록 했고, 반란을 선동한 놈의 머리통을 활활 타는 불속에 던져 넣어버리겠노라며 으름장을 놓았다.

섬에 도착한 지 열하루가 되던 밤, 강변 한쪽에서 뚝뚝 끊어지는 듯한 외침 소리와 노랫가락, 그리고 여럿이 마구 뒤섞여 떠드는 소리가 들려왔다. 검은 그림자들이 모닥불을 빙빙 돌면서 이상한 춤을 추고 있었다. 모닥불의 불꽃이 어찌나 높이 타오르는지 해변이 화재에 휩싸인 듯 붉은 빛을 띠었다. 곧이어 상자를 든 또 다른 그림자들이 나타나자, 고함 소리는 몇 배로 불어났다. 마지막으로 육중한 북소리가 울렸다. 그 소리는 무시무시했고, 불빛에 맞춰 솟구치는 악마의 웃음소리보다 더 끔찍하게 들렸다. 무수히 많은 폭풍을 겪은 선원들이었지만 지금처럼 공포에 사로잡힌 적은 없었다. 돛대를 부러뜨리는 거친 비바람 속에서도, 번개 치는 한밤중에 뱃머리가 우레 같은 소리를 내며 암초에 부딪혔을 때에도, 배가 병든 소처럼 옆으로 쓰러져 와지끈 부서지는 소리를 냈을 때조차도 펄펄 날아다녔던 그들이 지금은 겁 많은 어린아이처럼 부들부들 몸을 떨었다.

식인종들이 엄청난 괴성을 지르면서 선원들을 향해 달려왔고
돌과 화살이 선원들을 향해 우박처럼 쏟아져 내렸다.

"식인종들이다."

선장이 중얼거렸다.

그 말은 마치 눈 깜짝할 사이에 날아온 따귀처럼 선원들의 정신을 번쩍 들게 했다. 수년 전부터 차곡차곡 쌓아두었던 선장에 대한 분노의 화살이 일순간 새로운 적을 향해 돌려졌다. 선원들은 서둘러 무장을 했다. 어떤 이는 총으로, 어떤 이는 도끼로, 어떤 이는 작살로. 선장의 명령을 기다릴 것도 없이 동료를 구하기 위해 바다에 보트를 띄웠다. 브라드보크도 그들을 말릴 수 없음을 깨닫고 알바트로스호를 바다에 버려둔 채 직접 노를 저어 해변으로 갔다.

앞선 두 대의 보트가 해변에 거의 다다를 때쯤, 수풀 속에서 식인종들이 엄청난 괴성을 지르면서 선원들을 향해 달려 나왔다. 돌과 화살이 선원들을 향해 우박처럼 쏟아져 내렸다. 야만인 셋을 늘씬하게 때려눕힌 선원들은 일제히 화승총을 쏘아댔다. 두 명을 더 쓰러뜨리고 여섯 명에게 부상을 입히자, 야만인들이 도망치기 시작했다. 선원들은 그 틈을 타 섬으로 올라갔다.

참으로 끔찍하고 어지러운 전투였다. 수적으로 열세에 몰린 절망적인 상황에도 아랑곳하지 않고 선원들은 필사적으로 싸웠다. 브라드보크 선장도 나무꾼처럼 "얏!" 하고 소리를 지르며 노를 휘둘러댔다. 하지만 새카맣게 몰려오는 야만인들을 막아내기에는 역부족이었다. 선원들은 모두 목숨을 잃었고 살아남은 건 브라드보크 선장뿐이었다. 야만족의 우두머리가 그를 손가락으로 가리키며, "키눅타!"° 하고 외치자 야만인들이 공격을 멈추었다. 대신 선장은 야만인들에게 둘러싸여 땅바닥에 내동댕이쳐졌다.

식인종들은 그들의 야만스러운 축제를 준비하기 시작했다. 남자들이 불을 준비하는 동안, 여자들은 모래 속에 커다란 구덩이를 팠다. 어린아이들은 나무를 한 아름씩 가져왔고, 작은 환호성을 지르며 선원들의 늘어진 몸뚱아리를 혀로 핥았다. 화로 역할을 하는 모래 구덩이 주변에 식용식물의 뿌리로 만든 제단이 높다랗게 쌓여갔다.

지글거리며 타는 숯불은 야만족들의 몸통 위로 붉게 너울거렸고, 웃을 때마다 송곳처럼 날카로운 이빨이 고스란히 드러났다. 야만인들은 눈알을 굴리고 콧구멍을 크게 부풀리면서 서로 먼저 앞서 나가려는 듯한 몸짓을 해댔다. 그들은 죽은 선원들의 물건을 몸에 잔뜩 두르고 있었는데, 끔찍하게도 어린 선원 짐의 모자를 쓴 녀석도 보였다. 이윽고 축제 준비가 끝나자, 전 부족이 머리를 뒤로 젖히고 배를 손으로 비비면서 노래를 부르고 춤을 추었다.

° 식인종들이 사는 섬의 이름이자, 이들의 제물을 부르는 말로 '먹을 것을 가져오는 자'라는 뜻이다.

마지막으로 북을 든 야만인이 부족들이 만든 둥근 원 안으로 성큼 걸어 들어왔다.

선장만이 유일하게 살아 있었다.

그는 이틀 밤낮을 두려움에 떨었고, 그 지옥 같은 광경을 고스란히 지켜봐야만 했다. 가끔 족장이 조개껍질과 말린 손가락뼈로 만든 목걸이를 쩔렁이며 그를 보러 왔다. 그는 선장을 향해 고개를 숙이며 계속해서 "키눅타!"라고 말했다.

마음껏 포식한 야만인들이 선장의 목을 끈으로 묶어 마을까지 끌고 갔다. 마을은 화산 숲의 중간쯤에 숨어 있었다. 그들은 선장을 말뚝 위에 걸린 새장 속에 가두고, 보초를 세워두었다. 노파들이 고구마와 삶은 고사리를 갖다주었지만 그는 도저히 삼킬 수가 없었다. 그는 가끔씩 탈진 상태에서 깨어나, 오십 년간의 항해 생활 동안 자신의 것으로 만든 숱한 어휘들을 끄집어내 실컷 욕을 퍼붓기도 했다. 하지만 노파들은 화를 내기는커녕 의미심장하게 "키눅타!"라는 말만 반복하며 알 수 없는 표정을 지었다.

어느 날 밤, 야만인들이 그를 데리러 왔다. 그들은 선장이 소중한 보물이라도 되는 듯 머리에는 꽃과 나뭇잎으로 만든 왕관을 씌우고, 목에는 조개껍질로 만든 목걸이를 둘러주었으며, 얼굴에는 붉은 염료를 칠하고, 길게 늘인 나무껍질과 풀을 머리에 꽂아주었다. 그런 다음 선장의 제복 위로 우유를 들이붓고는 그를 앞세운 채 마을 전체가 길을 나섰다.

두 시간 정도 걷다 보니 정원 같은 것이 나타났다. 정원이라기보다는 여기저기 핏자국이 말라붙은 더러운 울타리에 둘러싸인, 초록빛 숲에 뚫린 초라한 구멍이라고 하는 게 더 어울렸다. 정원의 입구에는 뾰족한 장대들이 줄지어 서 있었고, 그 끝에는 해골들이 매달려 있었다. 제사장 노파들은 땅속에서 커다란 덩이줄기 채소를 뽑아내기 시작했다. 무성하게 뻗친 채소의 잎사귀는 번쩍이며 빛을 발하고 있었다. 그러고는 매우 엄숙한 표정으로 사람의 종아리처럼 생긴 그 채소들을 지팡이 삼아 몸을 흔들면서 부족민 전체에게 하나씩 고루 나눠주었다. 울타리에서 조금 떨어진 곳에서는 야생 멧돼지 잔치가 열렸다. 야만인들은 모닥불 주위에 새카맣게 몰려들어 대식가로서의 면모를 보여주었다.

새벽이 되자 그들은 정원 밖으로 나왔다. 엷은 새벽빛이 사방의 어둠을 부드럽게 흩어놓고 있었다. 전통 의복을 입히고 꽃장식을 달아주었지만, 브라드보크 선장은 벌거벗고 있는 것보다 더 끔찍한 기분이 들었다. 무언가가 그를 감시하고 내장 속까지 들여다보는 것 같았다.

야만인들은 커다란 한 그루 나무 앞에서 걸음을 멈추었다. 아래쪽 가지들을 덮고 있던 높은 쪽의 가지가 부드러운 폭발음을 내면서 오므렸던 팔들을 활짝 벌리자, 무지갯빛 광채를 띤 잎사귀들이 그 모습을 드러냈다. 곧게 뻗은 나무둥치는 눈알 모양의 반점이 나 있는 화려한 잎새들을 마치 부채처럼 받치고 있었다. 공작처럼 화려한 꼬리를 펼친 나무는 무지갯빛으로 변하는 깃털 장식을 흔들었고, 나뭇잎 위의 '눈들'은 선장을 바라보고 있었다. 나무의 자태는 이 불길한 섬의 추악함과 잔인함을 일시에 사라지게 할 만큼 아름다웠다.

족장은 브래드보크의 등을 떠밀면서 "키눅타!"라고 외쳤다.

조금 멀리 떨어진 곳에서 다른 나무가 자신의 가지를 부채처럼 펼쳤고, 이를 신호로 백여 그루의 나머지 공작 나무가 묵직한 소리를 내면서 나뭇가지를 활짝 열었다. 그러고는 잎새에 박힌 오색찬란한 눈으로 "키눅타!"라고 불리는 자를 일제히 쳐다보았다. 소개를 마친 야만인들은 이번에는 선장의 손을 잡고 정상으로 끌고 갔다. 정상 어귀에 서 있는 마지막 공작 나무들이 내리쬐는 태양 아래로 다채로운 빛깔의 흔들리는 울타리를 만들어주었다.

죽음의 예식이 끝나갈 무렵, 부족들은 뾰족한 이빨과 꼬챙이처럼 들쭉날쭉한 화산의 지붕마루에 도착했다. 움푹 파인 구렁 주위에는 부족 전체를 수용하고도 남을 만큼 넓고 편편한 바위가 불쑥 나와 있었고, 분화구에서는 분연과 유황 연기가 솟아올랐다. 야만인들은 의식의 법칙에 따라 자리를 정렬한 뒤, 각자 손에 들고 있던 채소를 분화구 속에 던져 넣었다. 그러는 동안에도 몸을 좌우로 흔들고 손뼉을 치며 점점 더 크게 "키눅타, 키눅타, 키눅타!"를 외치는 것을 잊지 않았다. 이제는 선장이 검은 바위의 거대한 입속으로 던져질 차례였다.

바로 그 순간, 강한 물결이 알바트로스호의 닻줄을 끊었다. 거대한 선체가 보이지 않는 힘에 의해 저절로 몸을 돌렸고, 마치 수의 같은 돛을 매단 채 유령선처럼 멀어져갔다.

알바트로스호가 수평선 너머로 사라지자, 어둠이 내려앉았다.

공작 나무들은 눈부신 깃털 장식들을 접었고, 포식한 섬은 서서히 잠에 빠져들었다. 새벽이 되면 섬은 다시 기지개를 켜고 일어나 무지갯빛으로 반짝이는 영롱한 빛무리를 쏘아 올릴 것이다. 그리고 다른 선장, 또 한 명의 키눅타가 그 해역을 지나가기를 기다리고 또 기다릴 것이다.

반도에서 본 '알바트로스호'

키눅타섬의 극락조

공작 나무가 닫혀 있을 때의 잎 모양
공작 나무 잎사귀의 눈은 아무리 작은 것이라도 바다 위에 떠 있는 물체를 향한다.

공작 나무의 열매
생으로 먹으면 치명적인 독성이 있으나, 익혀서 먹으면 무해하고 맛도 좋다.

키눅타섬의 야만인들
활과 곤봉에 솟아 있는 날카로운 이빨에는 무서운 독이 묻어 있다.

공작 나무가 나뭇가지를 오므리고 있을 때의 모습

공작 나무가 나뭇가지를 활짝 펼쳤을 때의 모습

234 —— 비취 나라에서 키눅타섬까지

키눅타는 '먹을 것을 가져오는 자'라는 뜻이다. 섬의 원주민들은 배에 탄 사람들 중 키눅타라는 이름에 걸맞은 자를 가려내는 법을 알고 있다. 키눅타는 증오와 분노에 차 있고 야만적이어야 한다. 그가 사나우면 사나울수록, 화산신에게는 더욱 맛있는 제물이 될 것이기 때문이다.

제물로 바칠 채소를 들고 있는 노파들

무당의 가면

마을에서 키눅타를 소개하는 원주민들

· Q · 키눅타섬 — 235

Atlas des géographes d'Orbæ By François Place
Original Copyright © 1996 by Editions Casterman and Gallimard
Korean Translation Copyright © 2004 by Sol Publishing Co.

이 책의 한국어판 저작권은 Casterman과 독점 계약한 솔출판사에 있습니다.
저작권법에 의해 한국 내에서 보호를 받는 저작물이므로 내용의 무단전재와 복제를 금합니다.

오르배섬 사람들이 만든 지도책 2
비취 나라에서 키눅타섬까지

초판　1쇄 발행　2004년 4월 17일
개정판 1쇄 발행　2021년 11월 5일

지은이　　프랑수아 플라스
옮긴이　　공나리
펴낸이　　임양묵
펴낸곳　　솔출판사

편집장　　윤진희
편집　　　최찬미, 윤정빈
디자인　　오주희
마케팅　　조아라
제작관리　박정윤

주소　　　서울시 마포구 와우산로29가길 80(서교동)
전화　　　02-332-1526
팩시밀리　02-332-1529
홈페이지　www.solbook.co.kr
이메일　　solbook@solbook.co.kr
출판등록　1990년 9월 15일 제10-420호

한국어판 © 솔출판사, 2004

ISBN　　979-11-6020-161-1　(74860)
　　　　979-11-6020-159-8　(세트)

· 잘못된 책은 구입한 곳에서 바꿔드립니다.
· 책값은 뒤표지에 표시되어 있습니다.